ランナー

あさのあつこ

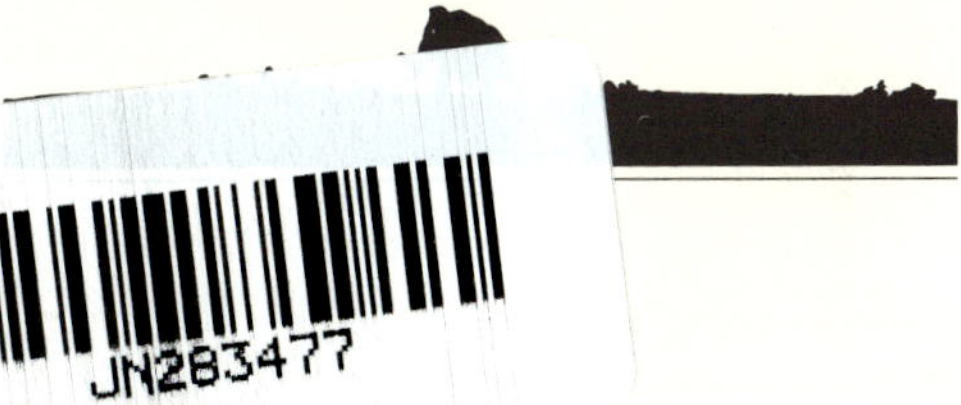

幻冬舎文庫

ランナー

目次

白い道へと

呼吸《いき》が喉《のど》の中途にひっかかる。心臓が足掻《あが》く。汗がふき出し、濃紺の競技用ランニングシャツをぐしょりと濡らす。

これは何だ。と、碧李《あおい》は口に流れ込む汗を無理やり呑《の》み込んだ。物を嚥下《えんか》する筋肉運動が、さらに息を押さえつけ鼓動を速める。

これは何だ。おれは、どうなってるんだ。何で……。

思考できない。今の自分が摑《つか》めない。傍らを過ぎていく選手の足音と体温だけが、やけにはっきりと皮膚に伝わる。競技中、誰かの背中を追うなんて、ほとんど初めてのことだ。いや、追うどころではない。ついていくことさえできない。学校別に色分けされたランニングの背中が次々と遠ざかる。一つ、また一つ、汗が染みてぼやける視界から消えていく。

頭上で鳶《とび》が鳴いた。試合前から陸上競技場の上空を緩やかに舞っていたやつだ。

――お兄ちゃん。

杏樹《あんじゅ》の泣き声がする。鳶の甲高《かんだか》い声と重なり、耳の奥底にこだまする。とてもリアルだ。

ゴールの白線が遥か遠くでぐしゃりと歪《ゆが》んだ。


杏樹の人差し指が、窓の上に斜めの線を引いた。加湿器から間断なく吐き出される蒸気のせいで、ガラスはうっすらと曇るほどに濡れているのだ。

自分の引いた斜線の上に大きく○を描いてから、杏樹は振り向いた。口元をほころばせ、笑顔を作る。お兄ちゃんと碧李を呼んだ。

三日前、食事中にぽろりと抜けた前歯のあとが歪《いびつ》で小さな穴になっている。杏樹は五歳だ。平均よりかなり早く乳歯は抜け落ち、永久歯はまだ歯肉の中で動こうとしない。

「お兄ちゃん、これ、何に見える？」

碧李は読んでいた本から視線を上げ、ゆっくりと首を傾《かし》げた。

「うーん、何だろうな」

考えるふりをする。杏樹の笑顔が広がる。

「帽子をかぶった人かな？」

「ちがうよ」

「じゃあ……土星」

「ドセイ？　ちがう」

「じゃあ……何だろうな」

「降参する？」

碧李が頷《うなず》くと、杏樹は笑い声をあげた。それが合図のように窓ガラスがかたかたと鳴る。風が出てきたのだ。

「あのね、お団子」

「団子？」

「うん。えっと、あのね、胡麻《ごま》のついたのとか、甘いのとか並んでるの。三つ並んでるの」

「ああ、串団子か。けど、一つしかないだろう」

「二つ、食べたの。お兄ちゃんと杏樹と一つずつ」

歯の欠けた口から舌が覗《のぞ》き唇を舐《な》める。

「パパがね、食べるの。これ、パパのお団子」

どきりとした。マンションの一室には碧李と杏樹しかいない。わかっているのに、視線を巡らしてしまう。六畳二間とダイニングキッチン。それだけの空間が全てだった。電灯がついているのは、碧李たちのいる部屋だけで、古地図にも似た文様《もんよう》の壁紙が蛍光灯の明かりに白く浮いて見える。母はまだ、帰宅していない。二人だけだ。息をついてみる。兄の様子に頓着《とんちゃく》なく、杏樹は楽しい思い出を語るときの弾む口調でしゃべり続ける。このあたりの方言で『口がもとる』と言われる滑らかなしゃべり方を、杏樹は五歳ですでに獲得していた。

「パパとね、お団子、食べたでしょ。一つずつ食べたよね。ハトさんがいて、いっぱいいて、いっぱい飛んできたの」

三月の初めだった。前に住んでいた市の神社でのことだ。花見にはだいぶ早いなと呟《つぶや》きながら、父親の謙吾《けんご》が桜の枝を見上げたのだ。

覚えている。市は古い城下町で、後に希代の名君と称《たた》えられる七代目藩主が茶の湯をこよなく愛した風雅の人でもあったため、茶菓子の伝統が今に残り、老舗《しにせ》から新興店まで数多《あまた》の和菓子屋が街のあちこちに点在していた。

謙吾はそんな店の中の、さして高級でもなく俗すぎもしない一軒で、三色の串団子と桜餅を買ったのだ。杏樹は、団子の方しか覚えていないけれど、本物の桜の葉に包まれた餅菓子も三人で食べたはずだ。

三月の初めだった。冬の名残が風景のそこここにひっかかっている季節だ。空は鈍色《にびいろ》の雲に覆われ、風は冷たく、桜の蕾《つぼみ》はほころびの兆しさえ見せないまま枝とともに揺れていた。

「頼むから」

だいぶ早いなと呟いたそのあとに、桜の枝を見上げるふりをして、謙吾は続けた。

頼むから。

それは呟きであったけれど独り言ではなかった。背後にいた碧李に、確かに向けられたものだった。三月の初め。もう一年も前だ。

「杏樹は胡麻のついたので、お兄ちゃんはお海苔《のり》のついたので、パパが白くて甘いのを食べて」

「杏樹」

ちょっと声に力を込めて、妹のしゃべりを遮《さえぎ》る。

「もう、やめろ」

杏樹の顔から表情が消えた。僅《わず》かに口をすぼめ目を見開く。母の生まれ故郷に近いこの街に越してきてからなのか、その前からなのか、気がつくと杏樹は時折、こんな風に何も読み取れない表情を作るようになっていた。たいてい父親の話をしたときで、それを碧李に咎《とが》められたときだ。見る度に、碧李は胸のどこかがぱたりと塞《ふさ》いだようで、息苦しさを覚える。できれば、妹にそんな顔をさせたくない。しかし、父親の話は禁句なのだ。特に母のいるところでは、触れてはいけない。『口がもとる』杏樹は、滑らかな舌のままに禁忌を犯してしまう。

電話が鳴った。受話器を耳に当てると女子高校生にしては低音の、その分思考力と艶《つや》を感じる声が碧李の姓を呼んだ。

「もしもし、加納《かのう》くん？」

「はい、そうです」

加納は、母方の姓だ。最初、サイズの合わない上着のようにぎこちなかった加納碧李という名に、このごろやっと違和を感じなくなった。

「前藤《まえふじ》だけど」

「ええ……わかってます」

「名前、言う前にわかった？」

「わかりましたよ」

「へえ、なんで？」

「声で」

「光栄だな。じゃあ用件もわかる？」

「まあ、だいたい……箕月《みつき》監督あたりの指示ですか」

「当たり。カンがいいね、加納くん」

東部第一高校陸上部のマネジャーである前藤杏子《きょうこ》は、受話器の向こうで密《ひそ》やかに笑ったようだ。それから、はっきりと強く息を吸い込んだ。

「練習に参加してほしいんだけど」

「それは無理です。監督もわかっていると思います」

「わかって納得してるなら、マネジャーにこんな電話、かけさせないよ。そうでしょ？」

「まあ、確かに」

「参加してよ」

杏子は、唇を尖《とが》らせたのだろう。見えないけれどわかる。性急に少し居丈高にものを言うとき、杏子の唇は形よく尖るのだ。間近で一度だけ見たことがある。さして肉厚でもなくリップクリームを薄く塗っただけの唇は、しかし艶めいて淫靡《いんび》にさえ見えた。たぶん、日没間近の赤みを帯びた光のせいだったのだろう。

高校入学とほぼ同時に陸上部に入部してから間もなくのこと、校庭の桜が完全な葉桜になった時季だった。謙吾が家を出、中学の同級生だったという女性の元へと去ってから、初めての夏が巡り来ようとしていた。

グラウンドを一人、走っていた。自主練習なんて大仰《おおぎょう》なものではなく、部活を終えた後、もう少し走りたいと思い、その気分に従っただけだ。夕焼けがすごかった。校庭も校舎も下校する生徒たちも、べたりと絵の具を塗りたくったかのように斑《まだら》のない朱色に染まっていた。影だけが黒い。自分の足先から伸びた影は、走るにつれ位置を変えるけれど、沈み込むような黒色だけは変化しない。履き慣れたシューズが土を蹴る。乾いた土ぼこりが夕日に煌《きら》めきたつ。呼吸と身体《しんたい》のリズムが重なり、確かな地の感触が足の裏から伝わってくる。おれは、もしかしたら、と思うのはこんな日だ。

おれは、もしかしたらどこまでも走れるんじゃないか。どこかに果てがあるのなら、その果てまでも越えていけるんじゃないか。ふっと思う。

下校を促す放送がグラウンドに流れた。もう走り終えなければならない。やはり、果ては捉《とら》えられない。あまりに遠くて捉えられない。

碧李は、部室近くにある水道の前で足を止め、ストレッチを入念に繰り返したあと、栓を全開にしてほとばしる水で顔を洗った。いつもなら、同学年の部員が数人、雑談を楽しみながら待っていてくれたりもするのだが、その日はどういうわけか誰もが忙《せわ》しげに帰ってしまった。たぶん、数日後にせまった〝校内学力診断〟テストという、実施目的をそのまま長い名目にした試験のせいだろう。東部第一は、この地方では屈指の進学校でもあった。

走った後はいつも火照《ほて》る。皮膚も心も身体《からだ》の奥も薄く微熱を持っていつもより過敏になるのだ。鎮めるために、丁寧に水で洗う。それは、自分を走るという唯《ただ》一つの行為から、現《うつつ》の諸々に引き戻すための儀式でもあった。走っている間は忘れている。父のことも母のことも妹のことも未来のことも過去のことも、何一つ関係ない。だから、忘却できるのだ。走り終え、水で火照りを鎮めるころ、それらは忠実な犬のように碧李の元に還《かえ》ってくる。

顔を洗い終わり、タオルを首に掛けていないことに気がついた。軽く頭を振る。髪の先から水滴が散った。練習着の裾で拭こうと、顔を上げたとき目の前に真っ白なタオルが差し出された。

「どうぞ、使ってもいいよ」

杏子が言う。受け取り、碧李は頭を下げた。タオルは上質のものらしく柔らかで清潔な匂いがした。

「ありがとうございます」

「どういたしまして。あたし、部室の鍵をかけなきゃいけないんだけど、加納くん、カバンとか中に置いてる？」

「あっ……それは、だいじょうぶです」

このところ陸上部だけでなく、各部室内での盗難が相次いでいるとかで、学校側から施錠の徹底が何度も通達されていた。部室の管理は、概《おおむ》ねマネジャーの仕事となっている。自分が残っていたために、部室の戸締りができなかったのだ。杏子は、自分のペースで調整する後輩を辛抱強く待っていてくれたらしい。

「すみませんでした」

タオルを返し頭を下げる。かまわないよと杏子は呟きより少し大きめの声で答えた。低いけれど聞き取りにくくはない。急《せ》いても苛立《いらだ》ってもいない口調だった。

「加納くんが必要なことなら、別にいいよ。あたしはマネジャーなんだから、気を遣わないでいいから」

碧李が杏子の顔を思わず見つめてしまったのは、その一言が優しく親切な内容のわりに、ひやりと冷たい質感を持っていたからだ。見た目と手触りがまるで違う。そんな感じだった。数秒見つめ、視線を逸《そ》らす。そのとき、杏子の杏は妹の名前にもあると気がついた。

「きれいだね」

と、杏子が言った。

「夕焼けですか？」

「加納くんよ」

「は？」

「走ってるフォーム。かっこいいとかちゃんとしてるとかじゃなくて、きれいだと思うよ」

「あ……どうも」

「きれいというのは、理想的なフォームってことなのかな。走るために一番適した形みたいな……違う？」

「さあ」

「自分が、アスリートとして一流になれるって思う？」

「いや、思いません」

「謙虚なんだ」

「自信がないだけです」

中学のときから、ずっと走ってきた。いやもっと前だ。記憶をたどれば、薄《すすき》の群れが浮かぶ。そして、やはり朱色の空があった。河土手を走っていた。車両通行禁止の狭い道を日の沈む方向に走っていたのだ。猛々《たけだけ》しいほど伸びた薄の穂先は碧李の背丈より高く、走っても走っても尽きることを知らず、走る身体の傍らで揺れていた。何歳のときの記憶なのかわからない。ただ走る快感と陶酔と恐怖を確かに感じた自分を覚えている。

長距離は好きだ。走り、走り、走り続けていくうちにあらゆるものが剝離《はくり》していく感覚が好きだ。記録だとか順位だとか表彰台だとか声援だとか結果だとか努力の証《あかし》だとか、あらゆるものが剝《は》がれ離れ落ちていく。自分が透けて、記憶の古層が現れ、そこから快感が香りたつ。快感は、このまま未知のどこかに運ばれてしまうという恐怖に繫《つな》がり、未知のどこかに行けるのだという快感を新たに掻《か》き立てる。剝離していくことの、透けていくことの、未知に向かうことの快感と陶酔と恐怖を碧李は、薄の穂先に満たない背丈のころから知っていた。だからといって、自分が一流選手になれるとは考えていない。なりたいという望みもあまりない。一流というものがどういうものなのか漠然ともわからないけれど、好きなだけで到達できる場所ではないだろう。

「けっこう、醒《さ》めてんだね」

杏子がタオルをふわりと回す。

「いえ」

醒めてはいない。自分の周辺を見下ろして冷笑するようなゆとりなど、どこにもない。

ひやりと冷たいのはむしろ、先輩の方でしょう。

言葉にはしない。代わりのように息を軽く呑み込んでいた。

「ごめんなさい」

唐突に杏子が謝る。口調が急いて少し居丈高にさえ聞こえた。

「つまんないこと言っちゃって。さっ早く帰って。あたし、部室の点検をしなくちゃならないから」

唇が形よく尖り朱に染まって、どこか淫靡な雰囲気になる。

碧李が部を辞めたのは、それから半年後のことだった。

「練習といっても、おれ、退部した人間ですし……」

白い受話器を握り杏子の声を聴いている。

「それが、してないのよ」

「は？」

「うちの監督、加納くんの退部届受理してないって」

「そんな……」

「休部ってことになってるの。知らなかった？」

「まるで知りませんでした」

退部届を提出したとき、部員からミッキーと渾名《あだな》される箕月監督は手のひらに封筒をのせて、うーんと低く呻《うめ》いた。

「退部理由は？」

「一身上の都合で」

「また便利な言葉を知ってるんだな」

苦笑いの後に、箕月はため息を一つついた。

「おれは、嬉しかったんだがなあ」

「え？」

「おまえが入部したとき、けっこう嬉しかった。変な言い方だけど正直、いい素材を手に入れたって思ったからな」

「すみません」

「謝ることはない。ただな、おれに、じっくり付き合ってもらいたかったんだよ。長距離走者ってものがどういう人種なのか、おまえに本気で教えてみたいってな。そういうつもりだったんだ。おまえはまだ自分のことが何にもわかってないんだよ、加納。自分の中にどのくらいの力が眠っているか、まるっきりわかってない。おれは……だからなあ……」

魅力的な言葉だった。上背はさほど高くないが贅肉のない箕月の身体は、高校、大学と駅伝の選手だったという昔日の姿を微《かす》かながら残している。まだ緩んでいない身体の線や威圧の欠片《かけら》もない物言いや不器用に言いよどむ口元が、その言葉を信じさせてくれる。

魅力的で誘惑的な言葉だ。

長距離走者ってものがどういう人種なのか、おまえに本気で教えてみたい。

走る。走る。ただ一人、走る。ただ一人、走り続ける。それはどういうことなのか、知りたいとも願い、知っているようにも感じる。

ふっと、薄の穂先が揺らめいた。

「すみませんでした」

もう一度、頭を下げようとした碧李の動きを手で制して、箕月は退部届をポケットにしまった。

「とりあえず、預かっとく」

「お願いします」

「加納」

「はい」

「おれの目が行き届いていないってこともあるが、部内に何か問題があったとは思えんのだが」

「何もないです」

監督の人柄なのか、部の色なのか、東部第一高校の陸上部には、運動部特有の上下関係も杓子定規《しゃくしじょうぎ》で無意味な取り決めもなかった。さほど強くはないけれど、その分、自由で闊達《かったつ》な雰囲気がほこほこと漂っていた。小さな軋轢《あつれき》や些細《ささい》な諍《いさか》いは、日常的にあったけれどそれでも、居心地の悪い場所ではなかった。問題など何もない。未練は存分に残っているけれど。

空咳《からせき》を二つして、箕月はもう一度、加納と呼びかけた。

「もし……差し支えなければ、その一身上の都合とかを話してくれんかな」

箕月の言い方には、教師としての押しつけがましさも義務感も潜んでいなかった。反感は湧かない。いい先生だなと思う。だからこそ黙する。唇をそっと嚙み締めて、沈黙を守る。担任ではないけれど、一年生全クラスの古典を担当している箕月は、むろん碧李の家庭事情を把握しているはずだ。

「部を辞めるっておまえが決めたなら、どうしてもそれしかないなら、おれには無理強《じ》いはできん。けどな、惜しいんだよ、加納。あまりに惜しすぎる。自分の可能性をみすみす葬ったりするなよ。おまえ、まだ十七歳にもなってないだろう。未来のためにここで、何とか踏ん張ること、できんのか」

微かな吐き気を覚えた。箕月の真っ当な言葉に初めて心が違和を唱える。何かがどこかが違う。惜しんでくれるのはいい。慮《おもんぱか》ってくれることもありがたい。

だけど違うんです、監督。可能性とか未来とか、そんな先のこと関係ないんです。かといって今だけが大切だとか刹那《せつな》を楽しもうとか考えているわけでもない。将来に対する不安や期待も人並みに持っている。ただ、踏ん張れない。自分の可能性や未来のために今を踏ん張ることはできない。できるとしたら……奥歯をかちりと嚙み合わせ、黙り込む。

箕月は僅かに俯《うつむ》いた碧李の横顔から、眼差しをはずそうとしない。おまえの言葉を待っているんだという視線が、ひどく重い。

「ほんとうに、すみませんでした」

三度目の辞儀をして足早に箕月の前から去った。箕月は呼び止めなかった。


あれで、終わったんじゃなかったのか？

「休部って、どういうことなんでしょうか？」

杏子に尋ねてみる。我ながら間の抜けた質問だなと思う。

「だから、まんま。部を休んでるってこと。ユーレイ部員とかとはビミョーに違うよ。つまり」

そこで言葉を切り、杏子はくくっと小さく笑った。幼女のような屈託のない笑い声だった。

「一身上の都合で、やむなく部を休んでいる。都合により、復帰の可能性あり。そういうことみたいよ」

「はあ……」

「嫌？」

嫌とか嫌じゃないとかいう問題ではないような気がする。退部は自分で決めたことだ。

理由はどうあれ碧李の明確な意志だった。それなりに悩んだし、鬱々とした気分も味わった。それでも決めた。今は、走っているときではないのだ。走るより他に大切なことがある。守らねばならないものがある。一身上の都合とはそういうことだ。その一言の裏に碧李なりの意思決定がある。尊んでほしかった。箕月の監督としての一方的な判断で保留のまま、つまり宙ぶらりんのままにされていたなんて、情けない。そう、何だか少し情けない。腹立ちより惨めさを覚えてしまう。大人にとって、十六歳の意思決定など何ほどのものでもないのだろうか。

今のおれの力って、その程度のものなのか。簡単に覆されたり蔑《ないがし》ろにされたり、その程度のものでしかないのか。だとしたら、守れるんだろうか。

手のひらで、ガラスを拭いている杏樹をちらりと見やる。ちょっと卑屈になってるかなと、自分で自分を諌《いさ》める。過敏で、落ち込みやすくなっているのかもしれない。走っていないからだろうか。

走って、走って、結晶となる。纏《まと》いつく全てが剝離し、純粋結晶としての自分だけが残る。さらに走れば自分であることさえ薄れ透明になっていく。そんなことを感じながら地を蹴り、前に進む時間をこのところ、完全に失っていた。

「加納くん？」

「あ、はい」

「練習のことなんだけど」

「ええ」

「二年生になって、新たな気持ちで部活をするってのだめ？」

「かなり無理がありますね、先輩」

「そうかな」

数秒の沈黙の後、杏子は小さく息を吐き、もう一度、加納くんと呼んだ。くっきりと線の濃い、確かな声だった。

「退部届ね、ミッキーが正式に受理してないのってさ、冬だったからだよ」

「え？」

「加納くんが退部届出したの秋の大会が終わってからじゃない。だいたい、運動部にとって冬は基礎トレの時期だよね。本格的な試合は新学期になってから、ね？」

「わかりますよ」

「次にあたしが言うこともわかってるよね、たぶん」

「ええ……たぶん」

「冬眠だよ。ミッキーは加納くんに冬眠してろって言いたかったみたい。暫《しばら》く眠って、暖かくなったら這《は》い出してこいって」

そういえば、もう春だ。朝夕は冷え込み、今日のように暖房が必要な日もまだ続いていたけれど、直《じき》に盛りの春が来る。季節が一巡りして帰ってきた。

杏子の声が低速になる。どこか、ぼんやりとした響きに変わる。

「這い出してくる気ないんだ」

「ないです」

そっかと杏子は呟いたけれど、納得して電話を切る気配はなかった。碧李も受話器を置かない。視界の隅に妹の後姿を捉えたまま、杏子との繋がりを保っている。この声はいい。低くて艶めいて美しいじゃないか。岩清水のように、乾いた粘膜に心地よく沁《し》みてくる。

「怒らないでよ」

唐突に杏子が言った。唇を形よく尖らせているだろう。

「いや、まっ、怒ってもいいよ。怒るようなこと言うから」

「なんですか」

「このまま部を辞めちゃったら、加納くん、マジで負けちゃったまんまじゃない」

息を呑み込む気配が伝わる。これから他人《ひと》を傷つけるかもしれないことを、悪意でなく、本気で言わなければならない杏子の緊張が言葉よりずっと鮮明に伝わってくる。

「加納はレースで負けたから自棄《やけ》になって部まで辞めたって、そう言われてたの、知ってるよね」

「知ってます」

「言われっぱなしでいいわけ」

「かまいません」

冷静を装ったつもりだったけれど、身体のどこかで火が燃えた。チリッ、チリッ、チリッ。小さな火種が点《とも》り、身を炙《あぶ》る。悲鳴をあげるほどではないが、耐えるのが辛《つら》い。

あのレース、県営の陸上競技場で行われた一万メートルのレース。秋空はこれ以上ないと思われるぐらい晴れ渡っていた。底なしに青い色が頭上に広がる。西からの風が時折、緩やかに吹くだけでほとんど無風快晴の状態だった。日差しが照りつける分、長距離レースにはやや暑い。スタートラインにつくずっと前から、背中に不快な汗をかいていた。天候のせいではない。青すぎる空のせいでも、澄んだ陽光のせいでもない。強いて言えば、トラックだろうか。見物席に囲まれた競走路を見たとき、ここではなくもっと別の場所、環《わ》とならず、どこまでも行方の知れぬまま延びていく路《みち》を走ってみたい。そう思った。思ったこと自体、目前に迫ったレースに集中できていなかった証なのだろう。トラック競技は何度も経験していたし、それなりの結果も残してきた。だから言い訳だ。試合前に、おのれに言い訳をしている選手が勝てるわけがない。負けて当然なのだ。今ならそう納得もできるけれど当日は惨めだった。走っても、走っても、何周走っても剝離していくものはなく、むしろべたりと纏いつき絡みつく。身体が重く、呼吸が乱れた。足が前に出ない。シューズの底に鉛の板でも張りついているんじゃないかと本気で疑い、走るのが辛いと心底、感じた。感じた自分に戸惑えば、その戸惑いも疑念も全て纏いつき絡みつき、重石《おもし》になる。

鳶が鳴いていた。猛禽に相応《ふさわ》しくない甲高い声だ。ゴールに倒れ込み、ほんの一瞬だが何もわからなくなっていた。箕月が後ろから抱きかかえ、何か言ったが聞き取れない。何もわからない。何も聞き取れない。惨敗という言葉だけがあまりに生々しく突き刺さってきた。

負けたんだ……おれ。

身体を投げ出し、声に出さず呟き、見上げた空には鳶がまだ、緩やかな円を描いていた。

一週間後に退部届を出した。誰にも相談しなかったけれど、その日の放課後、久遠《くどう》にだけは退部を告げた。ハードルの選手で出会ったときから妙に気が合った。

「おまえ、馬鹿じゃねえの」

小柄で碧李より十センチは背の低い久遠は、顎《あご》を上げ挑むように碧李を見上げた。

「今、辞めたりしたら、どれだけ悪く言われるよ。加納碧李は一度負けたぐらいで走るのをやめたって、情けないやつだって、馬鹿にされるのわかってんだろう」

「うん」

「おれでも、そう思う」

「うん」

首を傾げ、本来の童顔に戻り、久遠はなあミドと、碧李の愛称を口にした。

「何が本当の理由だ？」

「うん？」

「うんじゃねえよ。ざけんなよ、馬鹿。一度や二度の負けで、おまえがやめるわけねえだろう。何か他に理由、あるんだろう」

「いや……悪《わり》ぃ、おれ帰るわ」

「おい、ミド」

言いたいことは山ほどあるけれど上手《うま》く言葉が見つからない。久遠に、背を向ける。

「馬鹿やろう。最低だぞ」

背中に声がぶつかってくる。それから当分の間、遠く近く、久遠は苛立ちのこもった視線を投げつけてきた。そのうち何となく話はするようになったけれど、どこかよそよそしく、以前の屈託ない付き合いとは微妙に違っていた。碧李のことをミドと呼ぶことも軽口を叩くこともなくなったのだ。軽蔑されているとわかっていた。久遠だけではないだろう。面と向かって罵倒する者も、非難する者もいなかったけれど、放課後のグラウンドを横切るとき、陸上部の練習場あたりから漣《さざなみ》のように伝わるものがある。軽蔑、嘲笑、あるいは憐憫《れんびん》も少し。入部時から、監督に目をかけられていた碧李のことを快く思わない雰囲気は上級生を中心にあった。当たり前のことだろう。それでも嫉妬や不満が表面化しなかったのは、数字に表れる碧李の記録と控えめな性格のせいだった。トラックを走るより図書室で分厚い本を読んでいる方が似合っていると、よく久遠にからかわれたけれど、実年齢より幾分上に見られる物静かで地味な物腰は、上級生の反感をかなり和らげる効果があった。それでも鬱憤は内在していたらしく、唐突な退部はかっこうのはけ口となったようだ。

「情けねえよな」「マジ、かっこわるぅ」「調子こいちゃって」背後にそんな言葉を聞いたことが何度もある。言葉というものは、けっこう痛いものだとそのころ知った。久遠のように正面から馬鹿やろうとぶつかってくるものなら、まだましだった。罵倒であろうと怒りであろうと、発した者が眼前に立っているのなら受け止めることはできる。応《こた》えたのは、背後から相手不明のまま投げつけられる言葉の礫《つぶて》だ。侮蔑と悪意をたっぷりと含んで背中に当たる礫は、小さなわりに痛い。感情の痛点をきりきりと刺激する。

　案外、弱いなあ、おれって。

　もう少し強靭《きょうじん》だと信じていたのにと自分への落胆も重なって、かなり疲労した時期ではあった。そういう諸々のことを覚悟して提出した退部届を箕月は受理していなかった。

　休部か……

　黙り込んだ碧李の鼓膜に、杏子の光沢のある声が触れる。

「あのね、ミッキーは、別に加納くんのこと軽くみて退部届をまんまにしてるわけじゃないよ……たぶん。たぶんね、加納くんに戻ってきてほしくて、でも無理強いできなくて、どうしていいかわかんなくて困ってるんだと思う。そこだけは誤解しないで」

　心の内を見透かされたような気がした。この人は、おれのちゃちな自負や卑屈をちゃんと見抜いている。頬が熱くなった。羞恥《しゅうち》の感情に血が蠢《うごめ》く。

「あたし、なんか、へんなこと言っちゃったよね」

「いえ……」

「ねえ」

「はい」

「もう少し惜しんでよ、自分のこと……あたしね……」

語尾を曖昧《あいまい》にぼかして、杏子がため息を漏らす。

「ごめん、何か自分で何を言いたいのかわかんなくなっちゃった。ともかく、しつこいかもしれないけど来学期からの練習予定表だけは届けるね。それだけ。さようなら」

さようなら。ありきたりの別れの挨拶を残して、通話が終わった。耳の奥に終了を告げる機械音が流れ込んでくる。大きく息を吐き出していた。

「お兄ちゃん」

杏樹が傍《そば》に寄ってくる。

「お腹すいた」

反射的に壁の時計に目をやる。もう午後七時に近かった。

「悪いけど、今夜も遅くなるから」

母の千賀子《ちかこ》が今朝、玄関のドアノブに手をかけて告げた。母はいつもそうだった。仕事に出かけるぎりぎりになって、その日の予定を告げる。息子の方をまともに見ず、ベージュのパンプスの先に睨《にら》むような視線を落としたまま告げる。いいよと碧李は答える。

「杏樹のこと、お願い」

下向きの視線のまま千賀子はそう言い、喉にひっかかるような咳をした。

正式に離婚が成立してすぐ、千賀子はこの街への引っ越しを決めた。以前、薬剤師として働いていた総合病院への復帰を果たし、豪華ではないけれど親子三人には充分な中古マンションに居を定め、白い小型車を購入した。髪を切り、薄く化粧をするようにもなった。妻であったときより溌剌《はつらつ》と美しくなったようにも見える。事実、近くに住む佐和子《わこ》叔母は「お姉ちゃん、三歳は若返ったのと違う」と瞠目《どうもく》し、「離婚って、ある意味、自由ってことだもんね。悪くないかも」と半ば本気の顔になった。続けて、老舗の乾物問屋に嫁ぎ、商売を切り盛りし、子を三人もうけ育てている最中の自分の身を、自由な時間などまるで持てないと嘆く。そのとき、母の顔に浮かんだ薄い笑いを碧李は見た。すぐに目を逸らしたけれど、見てしまった。それは仮面のように硬く、白っぽく、強張《こわば》っていた。無理をしているのだと察せられた。

無理をして虚勢をはる。千賀子には昔からそういう癖がある。自分の弱さや惨めさ、不幸を決して晒《さら》さない。肉親であってもそうだ。肉親なら近しい者ならなお、頑《かたく》なに隠し通そうとする。人並み以上に美しく賢く生まれてきた、おまえは優れ者なのだと幼少時から言われ続けてきたことが幸せだったのか不幸だったのか、碧李はもちろん、千賀子自身にも判断などできないし、簡単に断定できるものでもないのだろうけれど、それが強固な縛りとなり、千賀子に嘆くこともやつれることも悲しむことも許さなかったのは事実だ。

夫に愛人ができ、別れを告げられた女より、寡黙で偏屈な夫から解放され、潑剌と生きる術《すべ》を手に入れた者を千賀子は演じざるをえなかった。それはそれで潔くもあり、母の強靱さに感嘆の思いもあった。「頼むから」と無責任な一言だけ残して去った父より、遥かに強く潔い。しかし、危険だ。それはどこか歪んで、他人だけでなく自分自身をも欺く愚かさに容易《たやす》く繋がりはしないだろうか。叔母に見咎められないように首を捻《ひね》り、硬く白い笑みを浮かべた母を見たとき、碧李は視線を窓の外に移しながら、背骨に沿って這い上がる冷たい怖《おそ》れを確かに感じてしまった。

人はどこまで自分を欺けるものなのだろう。欺きとおせるものなのだろうか。

「けど、お姉ちゃんも人が好《い》いっていうかさ……杏樹ちゃんまで引き取るんだもの。正直、びっくりしちゃった」

三人目を生んでから目立って肥えてきた叔母が、卓上の菓子に手を伸ばす。千賀子の声が熱を持った。

「当たり前でしょ。杏樹はわたしの子よ」

「そりゃそうだけど……」

「つまらないこと、子どもの前で言わないでよ」

叔母が丸い肩をすくめる。ソファの上で昼寝をしている杏樹の寝顔にちらりと視線を投げる。

「お姉ちゃんは偉いよ。わたしなら、血の繋がっていない子を引き取るなんて、できないと思うもの。まして、お義兄《にい》さんの方の」

「佐和子！」

姉の語気の荒さに、妹は黙り込む。気まずい沈黙の後、カップに残っていたコーヒーを飲み干し、叔母はせわしい日常の待つ家にそそくさと帰っていった。

杏樹は、謙吾の弟の娘だった。生まれて八ヵ月後に事故で両親を失い、謙吾と千賀子の元に引き取られた。あの夜、杏樹の両親がスピードの出しすぎと脇見運転による大型トラックの玉突き事故に巻き込まれ、ほぼ即死に近い状態で亡くなった夜は、昼前から雨がふっていた。赤ちゃんを預かるから、三年目の結婚記念日を二人で祝っていらっしゃいよと促したのは、千賀子だった。

「夕方までなら、杏樹ちゃんの面倒みててあげるから」

「でも、お義姉《ねえ》さんに悪いし」

「いってきなさいったら。わたし、女の子のママになりたかったの。杏樹ちゃんは手がかからないし、預かってあげるって」

「でも……」

「いいって。映画でも観て、美味《おい》しいもの食べて、楽しんでらっしゃい。他人の厚意は素直に受けた方がいいのよ」

千賀子にそこまで言われて、気弱な義弟夫婦は、二人揃ってこくりと頷いた。杏樹は発育も順調で、離乳食も進んでいた。それほど手もかからないし、何よりあいくるしい顔立ちと、かたことの乳児語が千賀子の気に入っていたのだ。小学校も高学年になってめっきり口数の減った碧李からは、とっくに失《う》せたあいらしさだった。

千賀子の厚意は暗転し、弟夫婦は灰青色の乗用車の中で押しつぶされた。杏樹一人、生きて残された。

千賀子は義弟夫婦の事故死について、罪悪感に近いほどの責任を感じていた。母の口から漏れる自責の呻きを、碧李は幾度となく聞いた。そして杏樹を引き取り、長女として籍に入れてからの接し方は、杏樹と血の繋がった謙吾があきれるほどの溺愛ぶりとなる。

もうすぐ中学生になる碧李にすれば、やや過剰気味だった千賀子の愛情が枝分かれし分散したようで正直ほっと息がつけた。杏樹がもたらしてくれたささやかな解放感をありがたいとも思った。それに、白い柔らかな腕を自分に向かって伸ばしてくる幼子の仕草に、胸の奥がくすぐったくなる情動を覚えたことも新鮮だった。赤ん坊など可愛いとも好きだとも深く感じたことは一度もないのに、情が動く。

柔らかく温かく無防備な存在が愛しいような、触れれば壊れそうで怖いような、不思議な感情を呼び覚ます。自分の中に未知の感情がある。とても新鮮だった。

杏樹は愛されるために生まれてきた。あまりに早く親を奪ってしまった代償に神は、幼い少女に愛される力を授けたのかもしれない。花が陽光を受け花弁を開くように、肥えた土が雨水をたっぷりと吸い込むように他者から愛を授かる力だ。

そこに最初の翳《かげ》りを落としたのは、謙吾だった。「頼むから」の一言を残し、他所《よそ》へと去った。そして……。

「杏樹のこと、お願い」

今朝、マンションのドアの前で俯いたまま千賀子は言った。軽く咳き込み、深く一つ、息をつく。

「朝ごはん食べさせて、保育園に連れて行ってやって」

「うん」

「お迎えにも行ってやって」

「うん」

「夕食、冷蔵庫の中にサラダとシチューがあるから温めて」

「そうする」

「お風呂も入れて、寝る前に絵本、読んでやってくれる」

「わかった」

「わたしが……わたしが帰ったころには、ちゃんと眠らせて」

言葉が詰まる。ノブを摑んだ指先が震えていた。

「わたしのせいじゃない」

詰まった言葉が掠《かす》れた音になって零《こぼ》れ落ちる。

「わたしが悪いんじゃない。あの子が……あの子が、悪いのよ」

碧李は黙っていた。充分に大人の男ならこんなとき、どんな慰めを口にできるのだろう。

そうだよ、母さんのせいじゃない。母さんは何も悪くはないんだから。何一つ、間違ってないんだから。

全て紛《まが》いとわかっていても、そう口にできるのだろうか。碧李にはできなかった。だから黙したまま立っている。立ったまま母の指先を見つめている。

「似ているのよ……目つきとか横顔とか、だから……」

「母さん」

母を呼び、僅かに唇を嚙み締める。

「おかしいよ、そんなの」

「おかしい？」

「おれだって、父さんに似てるとこあるだろう。杏樹は女の子だし、本当は姪っ子なんだし」

「似てないわよ！」

千賀子は叫び、碧李の顔を見上げた。視線が強張っている。

「あんたは、あんな男とは違うでしょ。似てないわよ、ちっとも」

「でも親父だろう」

母を追い詰める気はなかった。しかし、どうしていいかわからなかった。わかっていることは、杏樹には何の罪もないということだけだ。そんなこと、千賀子にだってわかっている。誰よりよくわかっている。

母さん、母さんもやっぱ、弱かったんだよな。

千賀子が栗色に染めたミディアムショートの髪を手櫛《てぐし》で整える。顎を上げ、曖昧な優しげにさえ見える笑顔を息子に向けた。

「行ってくる」

「うん」

ドアが閉まる。パンプスの足音が遠ざかる。目を閉じて壁にもたれかかる。瞼《まぶた》の裏に青い空が浮かんだ。鳶が舞う空だ。思うように動かない身体、流れる汗、歪んだゴールライン。このうえなく美しい晩秋の色が惨敗の記憶に組み込まれていく。順位のことではなく、記録のことではなく、走ることが辛くて早く終わってくれと望んだことが、完膚無きまでの敗北の印だ。

イチゴ柄のパジャマを着た杏樹が目をこすりながら、寄ってきた。抱き上げてみる。この身体についた赤い打撲の痕《あと》を初めて目にしたのは、試合の数週間前、秋は日増しに深くなるけれど、真昼の光はまだ夏の名残を微かに留《とど》めている季節だった。

杏樹の背中と脇腹の部分に鬱血を見つけた。滑らかで柔らかい皮膚の上に、べとりと張りついた烙印《らくいん》のようだ。思わず息を呑み込んでいた。

「これ……どうした？」

杏樹は考えるように首を捻り、わかんないと答えた。

「わかんないって、何したら、こんな所にこんな傷ができるんだ」

「わかんないもん」

「痛くないのか」

「うん」

その日はそれで終わった。もしかしたらという思いがなかったわけではないけれど、まさかと否《いな》む気持ちの方が勝っていた。

まさか、そんなこと考えられない。

杏樹の夜泣きと夜尿《よばり》が始まったのはそれから間もなくのことだった。保育園からも、園で落ち着きのない挙動が目立つようになり、時に感情の抑制ができなくて些細なことで泣き出すと、報告があった。

「環境の変化についていけなくて、精神的に落ち着かないみたいなの。子どもにはよくあることだって、園長先生に言われたわ」

千賀子はそう言ったけれど、碧李は頷かなかった。杏樹は利発な子だ。この街に越してきたわけも、謙吾が自分たちの生活圏から消えた理由も理解できてはいないだろうが、これからは謙吾を除いた三人で暮していくのだということは充分に察し、受け入れてもいたはずだ。今更、精神の不安定などと……頷けない。それに、多くはないけれど鬱血の痕は場所をかえ、杏樹の身体のそこここに現れている。中には薄らいだ傷の上に新たにつけられたものもある。二重押しのスタンプにも似て、赤の濃淡がぶれて広がる。

「母さん」

「なに？」

「いや……」

口をつぐんでしまった。続ける言葉を見失ったのだ。元から持っていなかったのかもしれない。現実を問い詰める言葉を、ほぐしていく方法を、端的な表現を、まだ何一つ、身につけていない。思い過ごしなのだと誤魔化《ごまか》して、興味もないテレビ番組に視線を向けた自分を後悔するのは、数日後、あの試合の前日だった。

練習を早めにきりあげ、帰路に就いた。前祝にバーガーショップで一杯やらないかという久遠たちの誘いを断って、自転車に飛び乗った。その日、杏樹は発熱して保育園を休んでいた。千賀子も休みをとって看病しているはずだ。

急ぐ必要はない。別に、自分が帰ったからといってすることも、できることも何もないのだ。久遠たちと馬鹿話をしながらバーガーでも食えば、試合前の良くも悪くも張り詰めた神経がほぐれたかもしれない。馬鹿話をして神経を緩め、風呂に入り、ゆっくりと眠る。それがいい。明日走る、という一点に全てを集中させる。その緊張のために今日を弛緩《しかん》する。スタートラインに立つ瞬間、最高の自分でいるために緊と緩のリズムを刻む。闘いはもう始まっているのだ。それくらいはわかっている。なのに、心が急く。緩むどころではなく、妙にざわつき休まらない。赤信号の交差点を突っ切ろうとしてクラクションを鳴らされたりもした。

マンションの駐輪場に自転車を突っ込み、階段を駆け上がる。二基設置されているエレベーターを使わず四階まで階段を昇るのはいつものことだ。とっくに習慣化しているはずの動作が滑らかにいかない。何度も足を滑らせ転びそうになった。部屋の前に立ったとき、信じられないほど息が乱れていた。ドアのノブに手をかける。鍵がかかっていた。自分用のカードキーを取り出し、ロックを解除する。

しのびやかな泣き声がした。

キッチンの隅に蹲《うずくま》り、千賀子が泣いていた。碧李を見上げた顔は、涙で光るほど濡れている。

「あおい……助けて」

両眼が充血している。鬼に喰われる、助けて。母の眼《まなこ》が叫んでいる。そして、啜《すす》り泣きが、杏樹の声が聞こえた。

「杏樹！」

しゃがみ込んだ千賀子の背を飛び越す。

「杏樹……」

南向きの六畳間で杏樹は泣いていた。布団の上に上半身裸の姿で座り、しゃくりあげている。近寄ろうとした足の裏が生温かいものを踏んだ。異臭がする。吐瀉《としゃ》物だった。それは、杏樹の布団の縁にも枕の上にも散っていた。

「お兄ちゃん」

杏樹が顔を上げ、手を差し伸べてくる。鼻血が顎を伝い裸の胸まで流れていた。

「お兄ちゃん」

死んでしまうと思った。今、伸ばされている小さな手を摑み、身体を抱かなければ、妹はこのまま消えてしまう。杏樹を抱き込み、腕に力を込める。すえた吐瀉物の臭いがする。碧李の腕の中で、小さな身体が震えている。

「だいじょうぶだから。兄ちゃんがいるから、もうだいじょうぶだから」

杏樹が必死でしがみついてくる。その必死さが杏樹の味わった恐怖と痛みを碧李に突きつけてきた。

「お兄ちゃん、お兄ちゃん、お兄ちゃん……」

背中にも腹にも打擲《ちょうちゃく》の痕がついている。生々しい痕だった。

「わからない……どうして、こんな……止まらなくて……」

背後では、千賀子の啜り泣きが続いている。碧李は杏樹を抱き締めたまま立ち尽くしていた。窓の外には夕闇が迫っていた。枯れかけた木の葉が一枚、過《よぎ》っていく。居間のテレビが明日の晴天を予報していた。

試合の前日、晩秋の宵だった。


冷蔵庫を開ける。シチューの鍋とラップに包まれたマカロニサラダが入っていた。杏樹が背伸びして覗き込む。

「アイスクリームある？」

「アイスクリーム？　それは冷凍庫の方だけど……ないな。杏樹、アイスが欲しいのか」

「うん、欲しい。イチゴのアイスが欲しい」

「じゃ、コンビニまでいくか」

「うん」

財布をジーンズのポケットにつっ込み、杏樹に上着を着せる。ふと窓に目をやれば、杏樹の描いた団子から幾本もの雫《しずく》が、外の闇を映して黒い流れとなりながら、窓ガラスを伝っていた。

「お兄ちゃん」

階段を降りながら、杏樹が手を握ってくる。

「ママ、お帰りおそい？」

「ああ」

「どのくらいおそい？」

「杏樹が寝ちゃったころだよ」

「ふーん」

夜十一時を過ぎなければ、千賀子は帰ってこない。杏樹だけでなく碧李ともなるべく顔を合わせたくないと思っているようだ。千賀子も怖れている。何かの拍子に、杏樹と二人っきりになることを、自分の剝《む》き出しの醜悪と向き合わなければならなくなることを、恐れ戦《おのの》いている。

愛していたはずなのに、愛していたはずなのに……なんで、わたしは……。

杏樹の手を握り返す。強くなりたかった。自分より他の者をちゃんと守りきれる力が欲しい。

「起きてちゃだめ？」

杏樹が見上げてくる。

「ママが帰ってくるまで、起きてちゃだめ？」

足が止まった。二階の踊り場だった。薄茶色の床が常夜灯の明かりに淡く光っている。息を呑んでいた。

「だめだ……そんなおそい時間まで……」

「だって、杏樹ね、ママにお願いがあるもん」

「お願い？」

「お誕生日のプレゼント……ママ、プレゼントくれるかなあ」

「そりゃあくれるさ。あっ手紙、手紙を書いとくといい。もう字が書けるだろう」

杏樹がかぶりを振る。兄を促すように歩き出す。

「ママにお話するの。お手紙じゃだめ」

「なんで？」

「あのね……えっと高いの。お金がいっぱいいるの」

「おまえ……何のプレゼントがいるんだ？」

「自転車」

「自転車、どんな？」

「どんなのでもいいよ。ぷいぷいって走れるやつ」

「ぷいぷいか」

「うん、ぷいぷい走るの。杏樹ね、ママにお願いする」

答えられなかった。高価なプレゼントだから直接、話をするという杏樹にどう答えられるのか。ここでも言葉を見失う。


外に出る。真冬並みの寒気《かんき》が入り込んだとニュースキャスターが告げていたけれど、確かに寒い。しかし、三月の夜気はどこか微かに甘い匂いを漂わせて鼻腔をくすぐる。

一台の自転車がかなりのスピードで走り込んできた。つんのめるようにして止まる。耳障りな急ブレーキの音がした。タイヤが滑ったのか、派手な音をたてて横倒しになる。

「先輩」

顔を歪めもたもたと立ち上がったのは、前藤杏子だった。

「あ……加納くん」

「どうしたんです。誰かに追われてるんですか？」

自転車を起こしてやる。杏子はぷっと唇を尖らせた。

「誰に追われたりするわけ？」

「警察とか」

「警察に追っかけられて、逃げきれる自信はないけどね」

「いや、今の運転ならなんとかなりますよ。すごいコーナリングでした」

「どうも」

杏子は屈《かが》み込み、眼鏡を拾い上げた。

「よかった。壊れてなかった」

「先輩、眼鏡をかけるんだ」

「そうよ。学校ではコンタクトだけどね。びっくりした？」

「いや……でも似合います」

「ありがとう」

杏子は碧李の後ろにいる杏樹に笑いかけた。

「妹さん？」

「はい、妹です」

「始めまして。前藤杏子といいます。よろしく」

大人にするような挨拶の後、杏子はぺこりと頭をさげた。杏樹がにっと笑う。杏子も同じように笑った。碧李が一度も見たことのない子どもっぽい笑顔だ。真顔に戻り、杏子は自転車の前カゴから一枚の紙を取り出した。

「練習のメニューと日程。一応、渡しとく」

「わざわざ届けに来てくれたんですか？」

「ううん。言い残したことがあって……一番大事なことなのに、伝えるの忘れてたから」

眼鏡の奥で、杏子の双眸《そうぼう》がきつくなる。

きれいな人だな。そう感じた。

「ミッキーからの伝言」

「監督の？」

「そう。どんなかたちでもいいから、走り続けろって。そうしないと、今に破裂しちゃうぞって」

「破裂？　どういうことですか」

「わかんないの？」

「わかりません」

杏子の肩が上下に動く。

「あたしもミッキーに、どういう意味ですかって訊《き》いたの。そしたら、加納に訊けって言われた。あいつなら、ちゃんとわかってるだろうって。ともかく走れ、走り続けろ。そう伝えといてくれって」

走り続けろ。

身体の奥底から、熱いうねりが這い上がる。指の先が微かに震えた。思わず強く握り込む。抑え込んでいたものが封を破って、湧き出てくるようだ。

だめです、監督。おれ本当にいっぱいいっぱいで……でも、それでも、おれは……。

「杏樹もいっしょに走るの」

杏樹がふいに腕を摑んできた。

「いっしょに走るの」

「え？」

「自転車に乗って、お兄ちゃんといっしょに走る。えっと、あの……それで、がんばれとか早く走れとか言うの」

ああと杏子が軽く手を打った。

「コーチだ。お兄ちゃんのコーチをするんだね」

「うん。コーチ。杏樹、お兄ちゃんの走ってるの好き」

「あたしも好き」

そう言ったあと、杏子はぱたぱたと手を振った。瞬《また》く間に、頬が紅潮していく。

「あっ変な意味じゃないよ。走っているところが、好きってことだから……」

「はい。わかっています」

杏子の想い人は他にいるのだろう。それが誰かもぼんやりとだが、わかっている。

「お兄ちゃん、走って」

杏樹の指に力が入る。兄を後ろから支えるかのように、小さな指に力が籠《こも》る。支えられているのだと、碧李は胸の内に呟いた。こんなにも小さなものに確かに支えられていた。そのことに、気づきもしなかった。気づこうともしなかった。

風が吹く。冷たく甘い春の風だ。息を吸い込む。目の前に白い道が浮かんだ。どこまでも果てなく続く道は、白く煌きながら、ただ走り続けろと碧李に命じていた。

薄雲の下で

電話の音が聞こえた。虫の音によく似ている。澄んだ声で高く鳴くのだ。

リー、リー、リー、リー……。

四回で途切れた。母の志保《しほ》が受話器を取ったらしい。

「もしもし、前藤でございます……まあ、先生、いつも杏子がお世話になっております……いえいえ、そんなことないんですよ。ご迷惑かけてばかりだと……まぁ、そうですか、ありがとうございます」

志保の声は、四十五という年齢のわりに若く、よく娘と間違われる。若やいだ声が、さらに弾み、軽い笑いまで交ざる。

前藤杏子は、書きかけの日記を閉じ、立ち上がった。ほぼ同時に、志保に呼ばれる。

「杏子、箕月先生から、お電話よ」

日記を本棚の奥、英和辞書の後ろに隠す。電話をしている間に、志保が部屋を覗くとは思わないけれど、用心のためだ。

「杏子、いるんでしょ。箕月先生から」

「はーいっ」

勢いよく返事をすると、部屋を飛び出す。階段を駆けおり、受話器を持って立っている母親に笑いかける。

「ありがとう、ママ」

お母さんではなく、ママと呼ばれることを志保は好んでいた。娘と屈託無くおしゃべりすること、いっしょに買い物をすること、並んで街を歩くこと、友達みたいな母娘《おやこ》ねと言われること、どれも好んでいた。望んでいると言い換えてもいい。

「駅前に新しいイタリアンのお店ができたんだって。日曜日に行ってみない」「ほら、このツィードのジャケット、杏子に似合いそう。試着してみたら」ねぇ、杏子……、杏子、杏子、杏子……。

いつまで、もつかな。

と、このごろ考える。

わたしは、いつまでママに付き合えるだろうか。

三つ違いの兄が家を出ていったのは、もう五年も前になる。兄は中学卒業と同時に、他県にある全寮制の高校に進み、三年後、建築関係の専門学校に入学した。来年、卒業のはずだ。兄は進路について両親にほとんど相談をしなかったし、帰省すら一年の内で、暮れから正月にかけての数日しか、しなかった。

前藤の家には帰らない。

兄の無言の意思表示は、志保にとってかなりの痛手であったらしい。

内臓に先天性の疾患を持って生まれ、三歳までに数度にわたる手術を経てきた息子を志保は溺愛してきたし、息子もまた、他人と比べ、明らかに劣る体格と体力の欠如を母親に縋《すが》り守られることで埋め合わせてきた。

母と息子の蜜月は、息子が人並みの体格と体力を獲得し、それまでの反動のように激しく家族とか家庭とかいうものを忌《い》み、拒み始めたとき、終わりを告げた。兄は、自分で進学先を選択し、数十キロ遠方の都市に去り、両親と当時十二歳だった杏子が残った。子どもが進学のために家を出る。どこにでもある話だ。珍しくも何ともない。

しかし、志保にとっては、言い表せない痛手となった。

愛の深い人なのだと、杏子は思う。献身的に愛を捧げることができる人なのだ。

「修道院にでも入ればいいいんだ」

いつだったか、兄が呟いたことがある。ちょうど、生涯を貧困と病苦に喘《あえ》ぐ人たちに捧げた修道女の死と生前の足跡が、メディアに取り上げられ、無償の奉仕、無私の愛という言葉が巷《ちまた》にも流布し、闇雲に称賛されていたころだった。

修道院にでも入ればいいんだ。

兄は壁に向かってぽつりと呟いた。杏子はそれを聞いていた。聞いたことを覚えている。居間で母が啜り泣いていたことも覚えている。啜り泣きの合間から漏れた、台詞《せりふ》も覚えている。

「真守《まもる》は、もうママが必要ないのね」

真守とは兄の名だ。生まれ落ちて数時間後に、もしかしたら長くは生きられないかもしれないと宣告された息子に、両親は真守と名をつけた。真に守り抜いてみせると、誓った証なのだと、志保の口から幾度となく聞いた。その言葉どおりに守り抜いた兄は、絡みつく手を振り解《ほど》いて、発《た》っていった。

受話器を受け取る。志保の体温で少し温かい。

「もしもし、杏子です」

さりげなく名前を口にする。

杏子です。先生。

おうっと、東部第一高校陸上部監督、箕月衛《まもる》の声が跳ね返ってくる。太くもなく細くもなく、平坦なくせに深みのある声だ。マネジャーとして陸上部に入部してから、一度だけ箕月に尋ねたことがある。

「監督も小さいころ身体が弱かったんですか？」
衛という名は、誰かに守られるためにつけられたのですか。刻印のように、つけられたのですか。

箕月は、訝《いぶか》しげに首を捻り、すぐに笑った。日に晒され続け褐色に近くなった肌色のせいで、歯の白さが目立つ。最初、陸上部監督ではなく古典の教師として箕月に出会ったから、古典という教科と肌の色がどうにも、ちぐはぐでおかしかった。

「おれか？　いやあ、丈夫、丈夫。自慢じゃないが、生まれてから一度も、寝込んだことないんだぞ。けど……うん、危ない目には何度もあったなあ」

「危ない目？　事故ですか？」

「いや」

箕月は、わざとらしくあたりを見回し、口を閉じた。その妙に真面目な顔つきのまま、杏子の耳元に唇を近づける。

「これ内緒なんだがな……誰にも言うなよ」

「あ……はい」

耳朶《じだ》にかかる箕月の息は冷たく、冷たさが意外でしかも心地よく、杏子は頷くことが精一杯だった。あのとき、耳朶に触れ外耳道を通り、鼓膜ではなく身体の芯に沁みた冷たさは今でも鮮やかだ。時に眩《くら》むほど鮮やかなのだ。

箕月は、自分の息の温度も知らぬまま、声を潜ませる。

「おれな、実は、殺されかけたんだ」

「はっ？」

顔を上げる。男の唇が触れそうなほど、間近にあった。頬が紅潮する。その紅《くれない》を箕月は、驚愕《きょうがく》の表情ととったらしい。顎を引き、得意げににやりと笑った。

「驚いたか？」

「ええ、まあ。でも……冗談なんですか？」

「冗談なんかじゃないぞ。ほんとのことだ。怖いだろう」

「でも、殺されかけたって……誰に？」

強張った頬を動かし無理やり笑顔を作ってみせる。からかうように笑ってみせる。

「あっ、わかった。恋人ですね。カノジョに殺されかけた。なんか、恨まれるようなことしたんだ」

「ばか言うな。おれは、いつだってカノジョには優しかったんだぞ。なのに、何でふられてばっかりなのかなあ」

「ふられたから、殺したんですね。可愛さ余って憎さ百倍って感じで、別れ話を持ち出した恋人を……」

「おい、こら。反対だって、おれが殺したんじゃなくて、殺されかけたんだ。おまえ、信じてないな」

「だって、監督が殺されかけたなんて、あんまりリアリティなくて……誰にですか？」

「それがなあ……驚くなぁ」

「驚きません」

「絶対、驚くさ」

「驚きませんたら。監督、引っ張りすぎです」

「だってな……母親なんだよ」

頬の筋肉が引きつったのがわかる。顔全体が激しく歪んだかと思うほど引きつる。さきほどの比ではなかった。呼吸器官まで硬直して息が詰まった。

おれは、おふくろに殺されないうちに逃げるんだ。

これも兄の言葉だった。「修道院にでも入ればいい」その一言の後、続いた言葉だ。

おふくろに殺されないうちに……。

愛という名の紐《ひも》で、ゆっくりと絞め殺されないうちに、逃げる。

監督も同じなのだろうか。同じような逃亡者なのか。

杏子の過剰な反応に、箕月は狼狽《ろうばい》し、ぱたぱたと手を振った。

「前藤、おい、そんな顔するな。本気にするなって」

「じゃ……やっぱり嘘なんですね」

「嘘なもんか。おれな、五人兄弟の末っ子で、しかも五男なんだ」

「五男！」

「すげえだろう。今じゃちょっと考えられんよな。まぁ当時でも、五人兄弟、五人生んで、みんな男ってのもなかなかに珍しかったんだが。おふくろに言わせれば、女の子を期待して生み続け、おれが男だったんでついに力尽きたんだってよ」

「それは、そうでしょうねぇ」

思わず相槌《あいづち》をうってしまった。病弱な兄と兄を守護する母と単身赴任の期間の長かった父との生活は、静かで穏やかで、どこか暗みに沈み込みそうな重さがあった。男の子五人の発散する雑多で濃密なエネルギーなどほとんど夢物語の産物だ。

「だからさ、育った環境がすげえんだ。十五歳から二歳まで、四人の兄貴が走り回る部屋の真ん中で、ごろんと寝かされててな、おれさ、おれを跨《また》いで走る兄貴の足の裏、覚えてるんだよな。しかも、四人の足の裏を一人ずつ、ちゃんと覚えてんだ」

「まさか」

「いやいや信じろよ、マネジャー。でな、大きくなってから、兄貴たちが飯食いながら『おふくろが、衛を部屋の真ん中に転がしてるから何度も蹴躓《けつまず》いて転びそうになった』って、話してるんだ。おれ、びびっちゃってな、『生まれたての赤ん坊をそんな危険地帯に寝転ばせておくなんて、どういうことだ』っておふくろに文句言ったわけ。当然だろ」

「当然ですね」

「ありがとう」

「お母さんは、なんて？」

「けろっとした顔で『そのくらいで死ぬようなら、そこまでの者さ』って言われた。さらに、『わたしも一度、ばたばたしててあんたを蹴飛ばしたことがある。あのときは、さすがに殺したかと思った』って言われたんだぞ。どう思う、この母親」

吹き出しそうになる口元を必死に引き締める。

「でも、監督の名前は……」

「名前？」

「衛って、この子を守るって意味があるんじゃないですか」

「あぁそれか。違う、違う。おれが生まれたとき、父親がな、『なぁもう、これでお終《しま》いにしようや』って提案したんだって。これ以上、子作りは止《や》めようってことだ。おふくろが『まぁもう無理よね』って答えて、その『まぁもう』がなまって、衛って名前にしたってよ。それもひでぇ話だよな。しかし、それでもマシでな、親父なんか、止《と》める男とかいて止男《とめお》にするつもりだったんだってよ。止男だぜ、まんまだろ。まったく、危ないとこだった」

堪《こら》えきれなかった。吹き出してしまう。笑いが、杏子の中で漣のように広がり輪を作る。

「マネジャー。笑いすぎだ。それより、明日からの練習と試合の日程、人数分用意してくれているな？」

「はい……部室のファイルに……挟んで……」

笑いが止まらない。後から後から湧き出してくる。笑う度に、自分の内側から何かが少しずつ剝落していく気がする。身が軽くなる。いや肉体ではなく、心かもしれない。まもるという名に、それほど重く軋《きし》る意味などないのだ。

お兄ちゃん、お兄ちゃんに教えてあげたいよ。

少しずつ、少しずつ、軽くなっていく。

「おまえ、笑い上戸だなあ」

箕月があきれたように、真顔で首を振った。

あのときより、やや低く、重い分、深みの増した声が耳に流れ込んでくる。

「忙しい時間にすまんな」

「いえ、忙しくないですよ」

「春休みとはいえ、課題が山ほど出てるだろう」

「山脈並みに出てます。夏休みに比べればマシですけど」

「前藤も今年は、受験生だからな。今までみたいに部活のことで、あまり引っ張り回すわけにもいかなくなるな」

ずくりと胸が痛んだ。幻覚ではなく、本当に肉体の一部、乳房の奥が痛い。痛みは涙腺を刺激し、視界が僅かにぼやけた。

夏の初めにある大会終了後、三年生の選手とマネジャーは、引退することが通例となっていた。受験態勢の渦中に巻き込まれ、陸上とも陸上部とも、関わりが切れてしまう。

夏の初め、あと数ヵ月、片手の指で数えられるほどの月日しか残っていない。

あぁ痛い。胸の奥の空洞に風が通り抜け、乳房を擦《こす》り、痛みを掻き立てる。

「新二年生のマネが……西野な、あいつが前藤並みにしっかりしててくれたら、おまえに負担かけることも少ないんだが。選手同様、マネも鍛えなきゃならないよな。まぁ新学期から、徐々におまえの仕事の分量を減らすようにするから、もう少し」

「監督」

きつい口調になる。ピシリと打つような響きが自分でも感じられた。眼球を潤していた涙は素早く退《ひ》き、熱だけが残る。苛立っていた。苛立ちが込み上げ、感情の発熱を誘う。こういうとき、自分を激しいと思う。上手く制御し、隠していた激情が滾《たぎ》るのだ。

「わたしは、陸上部の部員のつもりですけど」

「は……そりゃあそうだ。当たり前だろう」

「わたしがマネの仕事をするのは、選手が練習してるのと同じです。好きだからやっている、それだけなんです」

余計な気遣いなど無用だ。負担をかけるなどと、的外れな気遣いをするより……。

杏子は、気取《けど》られぬように息を呑み込み、胸を押さえた。

マネジャーとして気遣うより、わたしを見て。わたしだけを見て。

視線を感じる。志保がキッチンからそれとなく窺《うかが》っているのかもしれない。もう一度、息を呑み込む。背筋《せすじ》を伸ばし硬い感情のこもらない声を出す。

「次のマネを育てるのもわたしの仕事だと思います。まだ時間がありますから、そこのところ、ちゃんとやりますから。二年の西野さんも桑山さんも、要領がまだ摑めていないだけで、やる気はけっこうありますよ」

「そうか」

「西野さんは、選手として入部してきたわけだし、関節を痛めて走れないからマネになったんだから……まだ、踏ん切りがつかないの当たり前じゃないでしょうか。彼女、あんまり感情を出さないタイプだから、わからないかもしれないけど、すごく悩んでますよ。迷っていると思います。でも、そのうち、意味というかやりがいに、ちゃんと気がついてくれるはずです。監督」

「うん？」

「選手ばかりを見るんじゃなくて、そういうとこもちゃんと、見ていてください」

ちゃんと見てください。

わたしをわたしだけを見て。

「きついな」

箕月がふっと息を吐き出した。あのときと同じ、冷ややかな息だろうか。

「すみません」

「謝ることはない。感心してんだ。おまえ、よく人間がわかってるんだな。おれの十七歳のときなんて、なーんも、わかってなかったぞ。ずいぶん、鈍かったよなあ」

今でも充分、鈍いですよ、監督。なーんも、わかってないです。

「五男坊とは、違いますから」

「それを言うなって」

見えるわけもない相手の微苦笑した顔がくっきりと浮かぶ。杏子は軽く、頭を振った。電話というものは、それが携帯であっても取り付けであっても、麗しいものだ。一対一で向かい合える。第三者を介さぬやり取りができる。

いつまでもこの声を聞いていたい。わたしの声を聞かせていたい。だけど、この人は、そんなこと、何一つ望んでいないだろう。

「前藤」

「はい」

「選手ばかりを見るなって怒られたあとで、すげえ言い難《にく》いんだけどな……」

「怒ったわけじゃありません」

「そうかあ。おれ、おふくろに怒られた気分なんだけど」

「怒ってないです……監督、加納くんなら走ってますよ」

箕月が受話器の向こうで声を詰まらせる。

「加納くんのこと気になって電話してきたんでしょ？　違いました？」

「前藤……おまえ、ほんとにすげえな。何で、おれの考えてることがわかるんだ」

何で？　愚問だな。声にはせず呟く。受話器を握り締める。監督は、わかり易いものと、茶化した口調で答える。こんな、誤魔化し方ばかり、上手くなっていく。

「加納くん、走ってますよ。朝、夕二度、走っています。ただ、新学期から部に復帰するかどうか、まだ聞いていません」

「そうか」

ほっと息をつく音。箕月の意識が、電話で対峙《たいじ》している杏子ではなく、ここにはいない、箕月の傍らにもいない加納碧李一人に及んでいると告げる音だ。

「走ってるか……そうか」

「部活のことは、まだ何も」

「いいんだ」

「え？」

「あいつが走っているなら、それでいいんだ。加納に何があったのか、おれにはわからんが、走ることから無理やり、目を背けていないのなら、それで、いいんだ。そうか……走っているか。よかったよ、安心した」

「監督、どうしてですか？」

「うん？」

「どうして、そんなに加納くんに執着するんです」

「おい前藤、執着って……、何かおれが、加納に変な気があるみたいに聞こえるじゃないかよ」

「変な気があるんですか？」

「ばか」

笑ってみる。軽い冗談じゃないですかと笑ってみる。しかし、心はざわめいていた。変な気があろうと、なかろうと、箕月衛が加納碧李に執着していることは事実だ。杏子には決して向けない執着を碧李に示している。執着とは、心を囚《とら》われることではないのか。

加納碧李の横顔を思い浮かべる。年齢より臈《ろう》たけた印象を与える顔だ。多くを語らぬ言葉の裏に、その言葉の何倍もの思索と想いとを抱え込み、さらに黙する。そんな人物だと感じる。運動選手とは思えない。単なる高校生にも思えない。ただ一人、深く思念に埋没していく雰囲気が確かにあった。杏子の初めて出会うタイプだった。嫌いではない。あの独特の静かさや穏やかさが、むしろ好ましい。けれど、心はざわめく。性別も年齢も関係なく、箕月の想いの先にいる人物にざわめいてしまう。これを嫉妬と呼ぶのだろうか。年下の異性に嫉妬するなんて……自分の卑小さに、唇を噛む。それでも、心は鎮まらない。

「加納くんて、特別なんですか？」

問うてみる。

「監督がそこまで執着するほど、すごい選手なんですか？」

「だから執着とか言うなって」

「どうなんです？　彼は、他の選手とは違うんですか？」

「違うな」

あっさりと答えが返ってきた。

「違うんだよ、前藤。おまえは、その違いを感じなかったか？」

逆に問い返され、口をつぐむ。杏子の沈黙に箕月は頓着しなかった。いつもよりやや緩やかに、嚙み締めるように話し続ける。

「あいつは、たぶん……走るってことがどういうことか、ちゃんとわかっているんだ。

前藤、走るって、ものすごく単純なことだろう。ほとんど器具を使うわけじゃないし、場所を選ぶわけじゃない。人間の肉体一つあれば事足りる。どんな競技より、単純で根源的なもんなんだ」

「はい……」

「まあな、試合に勝つために、走法だとか呼吸法だとかシューズの形まであれこれ言うけれど、本来、走ることは、そんな小さいものじゃなくて……試合に勝つためとか記録を縮めるためとかじゃなくて……うーん何ていうのかな、もっと根源的な快感ていうか、肉体だけが生み出せる快感なんだ」

肉体だけが生み出せる快感。うねり、包み込み、火照る。鼓動が速まり、体温が上がる。思考は途切れ、高まりの極みで、一瞬、白く発光する。走るとは、そんなに淫靡で美しいものなのだろうか。

快感。わたしにはわからない。わたしはランナーではないのだ。

「加納を見たとき、すぐわかったよ。こいつは、そんな快感を知っているんだろうなって。長距離走者になるために、生まれてきたようなやつなんだ。身体的には、加納より優れた選手はいるけれど、あいつほど本能的に走ることの意味を摑んでいるやつはいない。それって、教えることでもないし、教えられるものでもない。あいつは、根っからのランナーなんだ。だから、おれは指導者として、あいつを」

「もういいです」

「え？」

「加納くんのことは、もういいです。ただ、もし彼が復帰したとしても、当分、特別指導なんてしない方がいいと思います。部員全員が加納くんの敵に回るなんてことに、なりかねませんから」

「おい、前藤、何を怒ってるんだ」

「怒ってなんかいません。失礼します」

一方的に通話を断つ。手のひらに汗が滲《にじ》んでいた。碧李のことを憑《つ》かれたように話す箕月に耐えきれなくて、断ってしまった。

なんでこんなに子どもなのだろう。自分の感情を上手く誤魔化す術も知らないほどに幼い。笑ってしまう。

杏子、あんた、どうしようもないガキね。

はすっぱに、自分を嘲笑《あざわら》ってみる。

「杏子」

志保が待っていたように声をかけてきた。

「どうしたの？　部活のことで、何かあった？」

「別に」

「そう……何か悩みがあるなら、相談してよ。ママ、いつだって力になるから」

「無理」

「えっ？」

志保の目が瞬《しばた》く。杏子は、軽く肩をすくめ、首を振る。

「だいじょうぶ。何にも問題なし。監督が新チームのことで、ちょっと迷ってるだけ」

「そう……マネジャーもたいへんね。負担にならないの？」

「楽しいよ。あたしの性には、ぴったし合ってる」

「ならいいけど」

無意識の動作なのだろう、志保が自分の肩をこぶしで叩き、束の間、目を閉じた。老いと疲労が滲む。化粧の似合う華やいだ顔立ちだけに、余計、目立つ。このごろ、志保は真守の名を、ほとんど口にしなくなっていた。学費も含め、親からの仕送りを一切断って、アルバイトだけで生活している息子を自立していると他人から誉められて、苦笑に近い曖昧な笑みを浮かべるだけだ。最愛の息子が飛び立ってしまったことに、やっと気がついたのかもしれない。気がつくことに五年を費やした。五年、志保は歳を経た。

愛情は美しくなどない。いつだって相手を必要とする。相手を束縛し、絡め、支配しようとする。こんなにも愛している。だから、あなたもわたしを愛しなさい。わたしはあなたのもの。だから、あなたはわたしのもの。

兄がいなくなったときから、流れを変え自分に注がれ始めた過剰な愛が重荷でもあり、疎ましくもあり、息苦しくもある。いつまで、付き合えるだろうかと自らに問うてしまう。限界が見えている。いつか、兄のように自分の翼で飛び立ちたい。それは、たぶん、遠い将来のことじゃない。もう間近だ。思う反面、母を理解できる。母の愛し方を諾《うべな》うことができる。

こんなにも愛している。だから、愛して……愛してください。加納くんではなく、わたしのことを見つめてください。

身体の奥で炎が燃える。箕月に掻き立てられた埋《うず》み火が、ちろちろと青紫の炎になる。杏子は、もう一度、受話器を摑み、数字を押す。何度もかけたわけではないのに、指はその電話番号を完璧に覚えていた。

呼び出し音は三回で、あどけない声に変わった。

「はい、もしもし、えっと……えっと、あっ、加納です」

「杏樹ちゃん？」

「うん」

「こんにちは。前藤です」

「眼鏡のおねえちゃん？」

思わず微笑していた。杏子はかなりの近視で、学校以外では眼鏡をかけている。碧李の妹、杏樹は、前藤という名前も眼鏡をかけていたことも、おそらく杏子の声も、ちゃんと覚えていたのだ。

「そうよ。覚えててくれてありがとうね」

「うん。杏樹、ちゃんと覚えてる。おねえちゃんの顔も描けるよ」

「ほんとに？　じゃあ今度、描いてくれる？」

「もう描いたよ」

「ええ？」

「眼鏡かけたお顔ね、おねえちゃんのお顔、もう描いたの。いっぱい描いた。見せてあげようか」

「お願い。杏樹ちゃん、お絵描き、好きなんだね」

「大好き。でもね、一番好きなのは箱作り」

「箱作り？」

「うん、あのね、あのね、紙を切ってね、色を塗って、いろんな箱を作るの。保育園で習ったの。杏樹、すごく上手にできたって、ナナコ先生が、ほめてくれた」

低い声が遠くで聞こえた。杏樹が、眼鏡のおねえちゃんだよと答えている。

「お兄ちゃん、いるの？」

「うん、今、お着替え中」

着替え中？　反射的に窓に視線をやる。透明なガラスの向こうで、空は微かに赤みをおびていた。

碧李は走り出そうとしている。そんな時刻なのだ。

お兄ちゃんにかわってくれる。

杏子が言う前に、相手の声が、幼女から少年のものにかわった。

「すみません。前藤先輩ですか」

「眼鏡のおねえちゃんよ」

「いや……ほんと、すみません。先輩、妹の絵心を刺激したらしくて、ずっと、描いていて………」

「光栄だわ。今度、ぜひ、見せてもらいたいな」

「あ……はい。じゃあ一番似ているのを……」

「加納くん」

「はい」

「今から、グラウンドに来れない？」

束の間、受話器の向こうが凪《な》ぐ。息遣いさえ聞こえない。静寂を破ったのは、碧李ではなく、杏樹だった。

「これがいいよ。お兄ちゃん、この絵がいいっ」

がさがさと紙の触れ合う音もする。ああ、それがいいなと、碧李が答えている。

「すみません……先輩、学校のグラウンドに来いと？」

「そうよ。久しぶりにトラックを走ってみない」

「いや、でも」

「この時間なら、誰もいないわよ。無人のはず。誰にも会わずに走ることは、できるけど」

「いや、そういうことじゃなくて。先輩、おれ、ロードが走りたいんです」

円環ではなく、前へと伸びる路を走りたい。碧李の言うことはわかる。杏子は、受話器に唇を近づけた。

「あたしが見たいのよ」

縋るというより、権高《けんだか》な口調になっている。自分で感じるけれど、どうしようもない。縋るなんて、弱みを晒すなんていやだ。

「あたしが、加納くんの走っているところを見たいの。グラウンドなら、誰にも邪魔されないでしょ」

「先輩」

「あたしの目の前で、走ってみてよ」

数秒の沈黙。この僅かな瞬《まばた》きするほどの時間に、碧李は何を考えただろうか。

「わかりました」

短い返事があった。

「これから、グラウンドに行きます」

「ありがとう」

「いえ」

さっきとは違い、ゆっくりと静かに受話器を置く。部屋に駆け込み、ジーンズに着替えると、自転車のカギをつかんで、今度は階段を駆けおりる。タオルとスポーツドリンクを袋に詰め、スニーカーをつっかけたとき、

「杏子」

名前を呼ばれた。

「ちょっと出てくるだけ。心配しなくていいよ」

振り向かず、母に告げる。

「心配してないわ」

背後で志保が言った。振り向く。髪を一つに束ねた母が、エプロンの前で手を拭いている。

「心配してるわけじゃないの。ただね、杏子」

濡れてもいない手をベージュのエプロンにこすり、志保は目を伏せた。

「あんた、無理していない？」

「無理って……」

「よくわからないけど、このごろ、無理してるみたいに見えるから……何となくだけどね」

母親を見つめる。ベージュのエプロンは、去年の誕生日に、杏子の贈ったものだった。ベージュに白のピンストライプの地、黒い飾ボタン、ワンショルダーといった洒落《しゃれ》たデザインではあるけれど、高校生の小遣いで買える程度の安物だ。志保は、洗濯の度に糊付けをし、アイロンをかけ、慈しむように身に着けていた。

「思い過ごしだよ」

母から視線を逸らし、嘘をつく。

「あたし、何にも無理なんかしてないから」

「そう……じゃあいいけど。夕食までには帰ってくるのよ」

「わかってる。子どもじゃないんだから」

捨台詞のようになってしまった。なんだか、今日は他者に嚙み付いてばかりいるみたいだ。

ドアを開ける。

碧李の待っているはずのグラウンドに向かって、ペダルをこぐ。


グラウンドという場所は、他の何処《どこ》よりも夕映えがよく似合う。杏子が自転車を降りたとき、そこは春の夕焼けに包まれていた。風までが茜《あかね》色に染まって感じられる。新芽が吹き、間もなく豊かな緑を湛《たた》えるだろう校庭の並木が、今は紅《あか》一色に塗り込められ、怖いほど黒い影を地に伸ばしていた。茜に染まった風が冷たい。冬はまだ、ほんの僅かだが名残を風に留めている。

トラックのスタート地点のあたりで、碧李がストレッチを始めていた。少し離れた場所で、セーター姿の杏樹が紙包みを抱えて立っている。杏子は、足早に少年へと近づいていった。

　両脚を大きく開いて座り、ゆっくりと前屈を行う碧李の背後に回る。動きに合わせ、軽く背を押す。手のひらに、肉体の締まりと生身の柔らかさが伝わる。弛緩していない。硬直してもいない。確かにアスリートの身体だった。

「もう少し、強くする？」

　と、碧李に問う。

「お願いします」

　と、答えが返る。黙って手のひらに力をこめる。

「加納くん、あたしね」

「はい」

「スポーツ医学の勉強、したいの」

　口にしたとたん、驚いた。出まかせではむろんないけれど、ずっと胸の底に秘めていた想いだった。誰かに打ち明けたことも、打ち明けたいと願ったことも、ない。自分だけの想いなのだ。何故、今、ここで、この少年に向かって言葉にしたのか、自分で自分に説明できない。慌てて付け加える。

「夢なの。ただの夢」

「そうですか」

碧李は立ち上がり、腕を上へと伸ばした。顎を上げ、天を仰ぐ。

「すごい夕焼けですね」

「ほんとに……」

春の夕《ゆう》とは思えないほど、空が紅い。東の空はすでに暮れかけ、青紫の闇を仄《ほの》かに山の端《は》に漂わせている。灰色の雲が幾つか、ちぎり棄《す》てられたように紅空に点在し、夕焼けの海原に浮かぶ島影を思わせた。これは現なのか幻なのかと、見上げた者を惑乱させる不思議な風景だった。

「先輩なら……」

「え？」

「先輩なら、どんな夢でも、自分の力で叶えちゃうんでしょうね」

「加納くん」

「そんな気がします」

そんなことないよ。

目を伏せる。

わたしは、そんなに強くない。自分の夢をちゃんと語れないぐらい、弱いんだよ。

「走ります」

「タイムは？」

「必要ないです」

「そうだね」

ランナーに必要なものなど、そう多くはないのだろう。肉体があればいい。大地があればいい。必要なのは、その二つだけだ。

碧李の脚が地を蹴った。

杏子は一歩さがり、眼鏡をかけなおす。

「おねえちゃん」

杏樹が紙包みを差し出してきた。

「くれるの？」

「うん、あげる」

広告の裏に、杏子の顔があった。クレパスで丁寧に描かれた肖像画。背景に虹や花や鳥がびっしりと描き込まれて曼荼羅《まんだら》のようだ。幼女の手になるものとは信じ難い。

「すごい。これ、全部、杏樹ちゃんが描いたの」

「うん。あっでも、ここは、お兄ちゃん」

小さな指が唇の右下を押さえる。小さな黒い点があった。杏子のその場所には、確かにホクロがある。本人さえ、忘れているような小さなホクロだ。

碧李の姿を目で追いかける。影を地に刻んで、少年は一人で走っていた。視線をその上から動かせない。

「ママがね、お誕生日に自転車、買ってくれるの」

杏樹がふっと息を吐いた。大人のような仕草だった。

「そしたら、お兄ちゃんと走るの」

「そう……杏樹ちゃん、お兄ちゃんのこと、ほんとに好きなんだ」

答えるかわりに、杏樹はもう一度、大人の仕草で息を吐く。

杏子は、ずっと見つめていた。

一周、二周、三周……ペースは乱れず、リズムは崩れない。

碧李は、風景にとけ、風景と一つになる。

ふいに杏樹が手を握ってきた。

「おねえちゃん」

声が震える。指の先も震えている。寒さではなく言葉にできない感情に震えている。

杏樹を引き寄せ、肩を抱き締める。

だいじょうぶ。あなたのお兄ちゃんは、一人でどこかに行ったりしないわよ。

その一言が言えない。どうしても言えない。

四周、五周……夕焼けが褪《あ》せていく。夜が降りてくる。

あいつほど本能的に走ることの意味を掴んでいるやつはいない。あいつは、根っからのランナーなんだ。

加納くん、今、何を考えている。何を感じている。それをわたしに教えてよ。監督の言葉を、あの人の言ったことを、わたしに理解させて。

走っている碧李は美しい。それは、知っている。知っているのはそこまでだ。それ以上は進めない。

わたしにはわからない。わたしは、ランナーではないのだ。わたしは、ランナーにはなれない。

碧李は、いつまでも回り続けはしないだろう。いつか、環の一部を食い破り、ロードへと走り出ていく。碧李は果ての見えない路を走り、箕月は伴走する。肉体だけが生み出す快感に全部を委ね、ただ走る。箕月の恍惚とした表情が眼間《まなかい》に浮かぶ。

あの人にも加納くんにも、手が届かない。

眼球が熱くなる。胸が締めつけられる。淋しくて堪らない。止めようがなかった。驚くほど熱い涙が、湧き上がる。嗚咽《おえつ》が漏れる。

俯けば、涙は零れ落ち、薄闇のグラウンドに滴《したた》っていく。立ったまま、俯いたまま、杏子は声をあげて泣いた。

「先輩……」

目の前に、碧李の胸があった。

一人では立っていられない。

杏子は、額をTシャツの胸にもたせかける。僅かな火照りと鼓動が伝わってくる。

「加納くんが、いけないいんだ……加納くんが……」

「はい」

諾う返事だった。杏子の身体を支えるように、少年の手が肩を抱く。足元で、杏樹がしゃくりあげている。

「ごめん……だけど、あたし……」

「いいです」

「だけど……」

「いいです。今は……」

今は、泣きたいだけ泣いてもいいだろうか。

ほんの少し、あと少し、加納くんの胸に支えてもらってもいいだろうか。

「ごめん」

「かまいません」

泣いて、晒け出して、それから唇を噛み締めて、この火照る胸から顔を上げよう。さようならと、手を振ってみよう。

だから、もう少しだけ……。

喉元から嗚咽がせりあがる。

碧李の手が、あやすように軽く背を叩く。

頭上の空には、星が瞬き始めていた。

淡雪が消えるころ

雪が降った。春の雪だ。驚いた。北国ならともかく、温暖で穏やかな気候風土で知られたこの地方に、三月も最後の日になって、雪が降るのかと驚く。軽くちらついた程度ではない、羽毛に似た白く大きな雪片が絶え間なく天から降りてくる。天から降り、地に落ち、時に風に舞う。

「こういうこと、たまにあるのよ。温暖、温暖っていっても山に囲まれてるわけでしょ。盆地だから冬は寒いし、夏は暑いの」

母の千賀子は、首に萌葱《もえぎ》色のマフラーを巻きながらそう言った。この街が生まれ故郷に近い千賀子は、春の雪を懐かしがっているようだ。いつもより少し饒舌《じょうぜつ》になっている。

「淡雪だから積もることなんて、めったにないの。すぐ消えちゃうのよ。この雪が降った年は豊作になるって昔は随分喜ばれたものだけど、今、そんなこと言う人いないわよね。吉兆の雪ってとこなんだけど」

　ふーんそうなんだと曖昧に返事をする。視界を白く染めていくようなこの雪が、淡く消えてしまうなんてちょっと信じがたい。

「碧李」

　千賀子が息子の名を呼ぶ。入念に化粧をした外出用の顔がこちらを向いていた。

「仕事に行ってくるわ」

　わかりきったことを告げる。薬剤師として勤めている総合病院は、車で二十分ほどの距離だった。

「気をつけて。雪だし、母さんの運転は、ちょっと……」

「ちょっと何よ」

「ちょっとっていうか、かなりヤバイから。できれば、バスで行ってほしいけど」

「失礼ね。これでも、二十年間、無事故無違反、優秀ドライバーよ……でも、今日はバスにする」

「そうした方がいい」

　碧李は立ち上がり朝食の皿を重ねて流しに運んだ。水道のコックを捻る。

　隣の部屋からこほこほと咳き込む音が聞こえてきた。

「杏樹が……」

千賀子の表情が曇る。薄く紅を塗った唇が僅かに震えた。妹の杏樹は昨日から体調を崩している。微熱があり、咳と口の乾きを訴えていた。

「いいよ」

蛇口から流れ出る湯を止め、碧李は首を横に振った。

「おれが、みてるから」

「そう……」

千賀子は唇を軽く嚙み締めると、マフラーを巻きなおす。

「じゃあ、頼むわ」

「うん」

「熱、こまめに計ってやって……高くなるようだったら連絡してちょうだい。病院に連れて行かなきゃならないから。冷蔵庫にイチゴ、あるでしょ。もし、食べたいって言ったらミルクをかけてやって……それに」

「わかった」

碧李はゆっくりと大きく頷いてみせた。そうしないと、千賀子は止め処《ど》なくしゃべり続けるような気がしたのだ。

「おれが、みてるから。心配しなくていいよ」

同じことをもう一度、告げてみる。千賀子は乱れてもいないマフラーを巻きなおし、ようやくドアのノブに手をかけた。

「碧李……お願いね」

ドアが閉まる。閉まる瞬間、冷たく湿った風が吹き込んできた。靴音が遠ざかっていく。それは、千賀子が杏樹から遠ざかっていく音だった。

このところ、千賀子と杏樹の関係は穏やかに凪いでいた。千賀子が杏樹に手をあげることも、杏樹が千賀子に怯《おび》えることもない。しかし、それは薄氷一枚の平穏にすぎず、小さな亀裂が一本でも走れば、薄い氷はぺきぺきと音をたてて割れ散り、その下でずっと澱《よど》んでいたものが噴出してくるのかもしれない。

「お風呂に入りなさいよ」「保育園のお昼寝パジャマ、洗ってあるからね。自分で袋に入れて」「お兄ちゃんの勉強の邪魔しちゃだめよ」

以前と変わらず声をかけながら、千賀子は決して、杏樹と目を合わせようとはしなかった。杏樹は眼差しで母を追う。血が繋がっていないとはいえ、杏樹にとって母と呼べるのは、千賀子一人だけなのだ。眼差しで追い、眼差しで縋る。

数日前、千賀子は子ども用自転車のパンフレットを持って帰ってきた。杏樹の誕生日プレゼントに自転車を買う約束をしていたのだ。

「好きなのを選んでいいわ。あっ、でも、あんまり高いのは、だめだけどね。そろそろ、ランドセルの用意もしなくちゃいけないから」

その一言に、杏樹の顔がほころんだ。内側から明かりがともったように見えるほど、明るく輝いたのだ。

「ママ、ありがとう」

読んでいた絵本を投げ捨てて、千賀子の腰に抱きつく。

自転車は、杏樹がずっと欲しがっていたものだった。描くことの好きな杏樹が広告の裏やノートに描き散らした絵の中には、大きさも色合いもさまざまな自転車が幾つも幾つもあった。それを買ってやると千賀子は約束し、約束を誠実に果たそうとしている。

「ママ、ありがとう」

杏樹の手が腰に回ったとたん、千賀子の顔が歪んだ。身体《からだ》のどこかを深く抉《えぐ》られたような歪み方だった。傍にいた碧李は、立ち上がり思わず手を差し出していた。母がそのままくずおれると、感じたのだ。千賀子は倒れはしなかった。顔を背け、身を捩《よじ》って、小さな手を振り払った。

「ママ……」

振り解かれた手を、杏樹はどうしていいのかわからなかったに違いない。指を軽く曲げたまま、戸惑いの表情を浮かべる。

「触らないで」

喉にひっかかる掠れ声で一言、そう言うと千賀子は居間から出ていった。拒まれたまま、杏樹は立ち尽くす。碧李は、床に落ちたパンフレットを拾い妹に声をかけた。

「杏樹、どれにする？」

風が吹いていて、窓がかたかた鳴っていた。窓の音に消されそうなか細い声で杏樹は、お兄ちゃんとだけ答えた。

杏樹の両親の事故死に自分が関わっているとの慙愧《ざんき》の念と、一歳の誕生日を迎える前に二親を失った赤子への憐憫と愛情……さまざまな感情に動かされ、千賀子は杏樹を抱き締めた。あの思いに、あの抱擁に、僅かな偽りも混じっていなかったはずだ。だから、今、杏樹を拒んでしまう自分に、拒み苛《さいな》んでしまう自分に、千賀子自身がおろおろと惑っている。

何故、この子をこんな目にあわせてしまうの。

何故、憎んでしまうの。

何故、愛せないの。

「似ているのよ」

喘ぐように千賀子が口にしたことがある。

「似ているのよ……目つきとか横顔とか、だから……」

杏樹は自分以外の女を愛し、あっさりと家庭を捨てた夫に似ている。だから……そこまで言って千賀子は黙り込む。口にした言葉が身の内に渦巻く幾つもの何故の答えにならないと、わかっているからだ。正当化できない。許されない。だけど、やはり愛せない。どうしても拒んでしまう。

碧李は、呆然と立ち尽くしていた。決して愚かでも感情的でもない母の、愚かで感情的としか見えない行為を前にして、呆然としてしまう。千賀子を責めることは容易いけれど、責めて解決することなど何一つない。それぐらいは、十六歳の碧李にもわかっていた。では、どうすればいいのか、そこから先が摑めない。霧中に消えた道のように見通せないのだ。

とりあえず、母と妹を二人きりにしない。碧李ができるのは、それぐらいのものだった。

こほこほと咳の音が続く。体温計とスポーツドリンクのペットボトルを持って、ドアを開ける。

「杏樹、だいじょうぶか？」

兄の声に、小さな布団の盛り上がりが動く。

「お兄ちゃん……喉が痛い」

涙声だった。カーテンは開けてある。窓の外を羽毛にも似た雪が落ちていく。さっきより、ずっと小ぶりになっている。もう止《や》むのだろうか。千賀子の言葉どおり、これはやはり春の雪なのだ。妹の部屋が窓からの光に明るい。一月前にも積もるほど雪が降ったけれど、あの時はもっと薄暗かった。雪だろうと雨だろうと、雲を貫く力を光は日増しに強くしている。

「口、開けてみろ」

杏樹の口の奥を覗き込む。赤く腫《は》れているようだ。微かに熱臭くもある。

「頭も、痛い」

「頭もか……。熱、計ってみようか」

体温計を脇に挟むと、杏樹は碧李の胸に身体をもたせかけてきた。

「重いよお」

身体が重い。たぶん、動かすのが億劫《おっくう》なほどだるいのだろう。今、杏樹が身体の不調を訴え、甘えられる相手は、碧李しかいない。

電子体温計は、38・4という数字を示した。さっき計ったときより、かなり上がっている。

「杏樹、病院に行こう」

「嫌だ」

杏樹が頭を横に振った。梳《と》かしていない髪がもつれ、ぱさぱさと音をたてる。

「病院、嫌だ。嫌い」

「杏樹」

「やだ、やだ。注射されるの、やだ」

涙が零れ、頰の上を伝った。杏樹は聞き分けの良い子だった。わがままを言うこともぐずることも、めったにない。それが、今は手足をばたつかせて、泣いている。身体の不調は、幼い杏樹から自制心を奪ってしまったようだ。

「自転車、乗れないぞ」

ふと思いついて口にしてみる。効果はかなりのものだった。杏樹の顔つきが、真剣になり、手足の動きが止まった。

「自転車……」

「そうさ、明日、届けてもらうんだろ。白くて青い線の入った自転車。せっかく買ってもらったのに乗れないじゃないか」

パンフレットの中から杏樹が選んだのは、アニメの主人公がプリントされているものでも、女の子に一番人気だというピンクのものでもなかった。白い車体に薄い青のラインが引かれている、どちらかというと男の子向きのものだった。

「すごく速く、走れそうだもん」

パンフレットの写真を食い入るように見つめたあと、杏樹は選んだ理由をそう説明した。

「お兄ちゃんに負けないぐらい速く、走れそう」

その自転車が明日、杏樹の誕生日に届けられる。

「いくら、自転車が来ても、熱があって、喉が痛くて、咳が出てるやつといっしょに、おれ、走らないからな」

「やだ。お兄ちゃんと走る」

杏樹の目に新たな涙が盛り上がる。

「じゃっ、病院に行くか」

「うん……でも、歩けない」

「抱っこしてやる。それなら、行くか？」

「うん」

杏樹の手が首に回ってくる。肩に置かれた額から、熱が伝わってきた。

抱っこしてやるから、守ってやるから。おまえが一人で、誰の庇護も受けず生きていけるようになるまで、守り続けてやるから。

イチゴ柄のパジャマを着た身体を抱え上げる。窓の外で、雪はいつの間にか止んでいた。


マンションから徒歩で十分ほどの距離に、千賀子が勤める病院より規模はかなり小さいが、私立の総合病院がある。

小児科は整形外科と検査室に挟まれた、やや奥まった一角だった。その場所だけ壁に黄色いクマとかキリンとかチューリップの絵が貼り付けられ、他の科とは異質の空間を作っていた。待合室のイスには、若い母親と幼児ばかりが腰をかけている。碧李自身が異質なのだろう、母親たちは、まだどこか少年の面影さえある若い男が、赤いオーバーの幼女を抱いている姿を物珍しそうにちらりと見やっては、視線を逸らした。

まだ風邪の季節は終わっていないらしく、待合にはかなりの数の親子連れがいた。杏樹が咳き込む。押し黙り、時折、ため息をついたりする。不安が募ってきた。こんなところで暢気《のんき》に待っていていいのだろうか。一秒でも早く診てもらった方がいいのではないか。手遅れになったりしたら……。

「お兄ちゃん……気持ちが悪い」

杏樹が訴える。

「え……気持ち悪いって、がまんできないのか」

「うん……吐きそう……」

厚いオーバーを通してさえ、杏樹の鼓動が速いと感じられる。

「どうしたの？」

声をかけられた。丸い眼鏡をかけた、化粧気のない女性が碧李を横から見下ろしていた。杏樹ぐらいの男の子の手を引いている。

「あっ……妹が、吐きそうだと」

「そこにトイレがあるから、吐いてきたら」

「あっ、はい」

「吐いちゃうと楽になるから……手伝おうか？」

「いえ、だいじょうぶです」

お礼もそこそこに、トイレに駆け込む。消毒薬の匂いのする便器の中に、杏樹は激しく嘔吐した。

「杏樹……だいじょうぶか」

だいじょうぶなわけはない。しかし、だいじょうぶかと問うことと背中をさすることしかできないのだ。嘔吐の経験は、むろんあるから、それがどんなに苦しいかわかっている。わかっているだけだ。何もできない。

ふっとゴールラインが浮かんだ。大地に真っ直ぐに引かれ、さぁここだぞと迎え入れてくれるラインではなく、碧李の視界の中で、のたうつように歪み、曲がり、霞んだラインだ。走っても、走っても行き着けない。走ることが快楽ではなく苦役だった時間。一瞬にも無限にも感じられる底なしの時間だ。

無力感と恐怖が蘇《よみがえ》る。

碧李は身体を震わせた。もう半年近く前の試合、県の陸上競技場で行われた一万メートルのレース……とうに忘れたはずだった。惨敗の記憶など残滓《ざんし》もないと思っていた。なのに、鮮やかに蘇る。風景とか物音ではなく、なす術のない無力感、そして恐怖。

恐怖？　と、碧李は反芻《はんすう》する。

おれは、走ることを怖がっているのか？

水洗の音がして、杏樹が顔を上げる。血の気はなかったけれど、苦痛に歪んでもいなかった。

「ちょっと、気持ちよくなった」

微かに笑う。ポケットからティッシュを取り出し、自分で口元を拭う。それから、だいじょうぶだよと呟いた。

待合室にはさっきの女性はいなかった。お礼を言いそびれたなと視線を巡らせたとき、杏樹の名前が呼ばれた。

診察室に入ったとたん、杏樹がわぁっと声をあげる。碧李も息を呑んでしまった。診察台の上に大きなクマのぬいぐるみがでんと置いてある。床には車のついたアヒルの玩具《おもちゃ》と三色に色分けされたボールが転がっていた。壁には、折り紙だのクレヨン画だのが、貼り付けられて、空調の風にかさかさと揺れていた。病院の一室というより、保育所のようだ。

「クマさん、みたい」

杏樹がそう言って白衣の医師を指さした。コロリと丸い体軀《たいく》に丸い顔、ぼさぼさした半白《はんぱく》の髪、あごひげ、本当だと頷きそうになる。

「そうさ、おじさんはクマさんだぞ」

顔に釣り合わない小さな目がさらに細くなる。優しい笑顔だ。白衣の胸のネームプレートには、熊泉《くまいずみ》と書かれてあった。

「さっ、クマ先生に診てもらおうね」

看護師の声かけに、杏樹は素直にイスに座った。碧李は、診察室の隅に立ち、僅かに目を伏せる。

「いつごろから、熱が出てる？」「嘔吐は何回ぐらい？」「昨夜《ゆうべ》は、何を食べた？」

熊泉医師の質問に答えていく。

「ご家族は？」

「え？」

「きみは、お兄さんなんだろう？」

「はい」

「申し訳ないけど、家族構成、教えてくれる？」

生唾を呑み込んでいた。

「どういうことですか？」

聞き返していた。熊泉医師と目が合う。小さな黒い目が瞬いた。

「……きみが、ずっと妹さんの面倒をみてるの？」

「いや、そういうわけでは……母が仕事をしているので……」

「ご家族は、きみと妹さんとお母さんと三人？」

「ええ……」

「あのね」

杏樹が顎を上げる。血の色が頬に戻っていた。

「お兄ちゃん、走るんだよ」

「うん？」

「お兄ちゃんね、走るの。すごく速いの。自転車でもなかなか追いつけないんだよ」

医師の顔に紛い物ではない笑みが広がった。大きな手が、杏樹の頭を撫でる。

「そうか、走るのか。うん、そうじゃないかなって思ってたよ」

それは碧李に向けられた言葉だったのだろう。視線が杏樹から碧李に移る。

「長距離だね？」

「あ……ええ、まあ」

曖昧に返事する。今の自分が長距離ランナーだと言いきれるのかどうか、自信がない。怯えが、走ることへの微かな怯えが胸に兆していた。あのトラックで一万、おれは、もう一度走れるだろうか。

「クマ先生は、どうしてわかるの？」

杏樹が首を傾げる。

「わかるさ。お医者さんはね、人の身体をよーく見るのが仕事なんだぞ。お兄ちゃんみたいに、細いけどきっちり肉のついてる人は、走ってるのかなって、わかっちゃうんだよ」

「ほんとに？」

「ほんとさ」

「クマ先生は、どうしてこんなにお肉がついてるの？」

カルテの整理をしていた若い看護師が吹き出した。

「クマ先生はクマみたいに食べるのに、お兄ちゃんみたいに運動をしないから、どんどんお肉がついていくの。怖いよねえ」

年配の看護師がすました顔で言い、杏樹をイスから降ろす。若い看護師は、カルテで顔を隠し必死に笑いを堪えている。

「さっ、喉にお薬、塗りましょう。こっちに来て」

「注射、しない？」

「しないわよ。クマ先生は注射が嫌いなの。そのかわり、お薬、飲まなきゃだめよ。甘いお薬だからね」

「うん。薬なら、飲むよ」

ビニール製の衝立《ついたて》の後ろに杏樹が消える。ついていこうとした碧李を医師は呼びとめ、イスに座るように促した。目も口元も笑ってはいなかった。

「インフルエンザじゃないみたいだ。一応、検査したからすぐ結果は出るけど……うん、まっ、これ以上、熱が高くなることはないと思うよ。薬を出しとくから、夕食後に飲ませて。二、三日安静にして様子をみてて、だいじょうぶだから」

「はい」

トン。ボールペンの先がカルテの上を叩く。トン、トン、トン。衝立の後ろから、杏樹の声が聞こえた。薬の色について何か言っている。トン、トン、トン。手を止め、医師は密やかに息を吐き出した。

「加納くん」

「はい」

「あの傷痕は、なんだね？」

膝の上でこぶしを握り締めていた。

「背中と尻と幾つか残ってた。そう新しいものじゃないけど、古いものでもない。あれは、どうしてできたか、きみ、説明できるかい？」

「いえ……」

「知らないと？」

「詳しくは……保育園でできたのかもしれません」

「今、春休み？」

ふいに質問の内容が変わった。顔を上げる。医師の視線が真正面からぶつかってきた。

「そうです」

「ずっと、妹さんといっしょにいるの？」

「そういうわけでは……」

「いいお兄さんだ。だけど、きみ、無理をしてないか？」

「無理？」

「なんだか、ぴりぴりしている」

医師は傍らのウサギのぬいぐるみを取り上げると、黒いボタンで作られた鼻を太い指先で押した。

「身体も引き締まっているけれど、表情もそうだ。ちっとも緩まないな。なんで、そんなに緊張してる？」

「そんなつもりは、ありません」

「お兄ちゃん」

杏樹が衝立の陰から走り出てくる。反射的に広げた腕の中に、小さな身体はすぽりと収まった。医師が目を細める。

「杏樹ちゃんは、お兄ちゃんが好きなんだな」

「大好き」

「ママも好きかい？」

「やめてください！」

杏樹を抱きかかえたまま、立ち上がる。荒らげた声が喉の奥にひっかかり、熱を持つようだ。

「妹にそんなこと訊かないでください。そんなこと……関係ないでしょ」

医師は大きく息をつき、胸の上で指を組んだ。

「とても関係あるんだよ、加納くん。杏樹ちゃんぐらいの子どもだとね、精神的なストレスがそのまま肉体的な病状になることが多い。嘔吐なんてのは、典型的なものだ。対症療法をして一時、緩和されてもまたぶり返す。ストレスのもとを直していかないと……そして、症状は現れる度に重くなっていくケースもたくさんあるんだよ。いずれ、きみの手に負えなくなるかもしれない」

手に負えなくなる。守りきれなくなる。おれでは、杏樹を守りきれない。

医師が胸のポケットから名刺を取り出した。

「おれの携帯電話の番号。何かあったら、直接、電話してきて」

指先で受け取る。その指先が震えていた。

「おれも昔、陸上をやっていた」

医師がぽつりと呟く。眼差しが一瞬、空《くう》を彷徨《さまよ》った。

「こんな体形になって言うと、大笑いのもとだが、高校のとき陸上をやってたんだ。短距離走だったけどな」

「……はい」

「親友にきみによく似たやつがいたよ。やっぱり長距離ランナーだった。きみを一目見たとき、あっ似てるなと思った」

名刺一枚が重い。指先の震えを見られたくなくて、碧李はジーンズのポケットにそれを押し込んだ。

「物静かで、寡黙だった。感情をあまり表に出さなくて、いつも何かを耐えているように、思えた。そうだな……修行僧のような雰囲気があったな。長距離ランナーって、みんなそういうところがあるのかな。それとも、たまたま、きみとあいつが似ていたのかな」

「過去形なんですね」

「うん？」

「その人とは……もう会ってないんですか」

「ああ、亡くなった。まだ三十代で奥さんと子ども二人残して、逝っちまった。亡くなってから、あいつが家庭にいろんな問題を抱えてたってわかった。両親とずっと上手くいってなかったんだ。そんなこと、一言も言わなかったんだぜ。あいつ、ずっと自分の胸の中だけにしまって、走ってたんだ。淋しいと思わないか」

　そこで、医師は微かに笑った。

「悪い、悪い。きみを見てたら、つい思い出しちゃって。ともかく、何かあれば連絡しなさい。おれはきみよりは、少し大人だ。力にはなれるはずだ」

　ありがとうございますの一言が、出てこない。目の前に座る白衣の人の親切は、職業的な責務の範囲なのだろうか。そこに縋って、何かが変わるだろうか。杏樹をこれ以上、傷つけないですむだろうか。

　思いは錯綜し、言葉を遮る。

　無言のまま一礼をして、診察室を出た。何故か、杏樹の手を強く握り締めていた。

「お兄ちゃん」

杏樹が大人のようなため息をつく。

「どうした？　まだ、気分が悪いか？」

「ううん、吐いたら治った」

「そうか……」

「お兄ちゃん」

「うん」

「今日も走る？」

杏樹が握り返してくる。湿った小さな手のひらだ。

「杏樹ね、おうちでちゃんと寝てる。だからね、お兄ちゃん、走ってきていいよ」

プツリと音がした。自分の中で何かが切れた音だ。眼球が熱くなる。あっと思う間もなく涙が、零れ落ちた。

「杏樹……」

瞼を強く閉じる。息を吸い込む。そして吐く。眼球の熱は、するすると退き、涙は頬の上で乾いていく。それでいい。泣いて解決することなど、ないのだ。

馬鹿みてえだ。

乾いた涙の跡を手の甲で拭き、独り言《ご》ちてみる。

いったい幾つだよ。こんなとこで、こんなことで、なんで泣いたりするんだよ。馬鹿みてえだ、ほんとに、どこまで弱いんだよ。

ゴールに倒れ込んだ自分、妹を守りきれない自分、弱さばかりが降り積もっていく。それは北国の根雪のように固く凍《い》てて、碧李の上でぎしぎしと軋み続ける。

「ミド」

後ろから、呼ばれた。碧李をミドの愛称で呼ぶ者は一人しかいない。とっさにもう一度頬を撫ぜ、振り向く。

「お久し」

久遠信哉《のぶや》が片手をポケットにつっ込み、片手を軽く挙げて立っていた。

腕の中の杏樹が重くなる。眠っているのだ。寝息を確かめる。それは小さいけれど確かなリズムを刻んでいた。少し安堵《あんど》する。

「たいへんだな」

横に並んで歩いていた久遠がちらりと碧李を見上げた。

「それほどでもないけど。おふくろが仕事してるから、しょうがねえもんな」

「おまえって」

久遠が肩をすぼめる。

「なんでも、それほどでもないんだな」

「ノブ……」

「それほどでもないって……そんな風には見えなかったけど」

もう一度、肩をすぼめ、久遠は続けた。前を向いたまま眉をしかめ、不機嫌な表情を浮かべている。

「別に他人のこと盗み見してるわけじゃないけどさ……小児科の待合に、おまえがいたら、やっぱ見ちゃうだろう。小児科の待合にいる男子高校生ってどうよ？　フツーでも目立つし、あれ？　って感じで見たら、おまえでやんの。ちょっとびっくりした」

「ああ」

「それほどでもないって風には、見えなかった」

雪は止んでいた。真昼の陽光に既に半ば融けかかっている。ぱしゃりと音をたて、街路樹の枝から雪塊が落ちてきた。光の中に雪融けの水蒸気があがる。水を存分に吸い込んだ土は黒々と輝き、雪の下で縮こまっていた雑草は緑の色を濃くして光を受け止めている。冬と春の風景が交錯する。やがて、雪は地上から完全に消えてしまうだろう。風は冷たい。しかし、間もなく、春が来る。

「ミド」

「うん？」

「おまえが部を辞めたの……彼女が原因か？」

久遠の手が杏樹の背中を軽く叩く。久遠はちょくちょく遊びに来ていたから、杏樹とも顔なじみだった。

「彼女が原因って、イミシンな言い方だな」

笑ってみる。

「誤魔化すな」

久遠の声音は低く、そのくせはっきりと碧李の耳に届いてきた。

「おまえは、いつだって肝心なとこを誤魔化すんだ。何も言わないで、誤魔化して、自分だけで何とかしようって……なんだよ、そういうの、かっこいいとでも思ってるわけ？」

「思ってない」

かっこいいどころじゃない。みっともないの極致だよ、ノブ。おれは、おろおろとみっともなくうろついているだけなんだ。

「いいけどさ」

久遠のスニーカーが融けかけた雪を潰す。泥に汚れた融雪が散った。

「別にいいけど……なあ、ミド」

久遠は顔を上げ、僅かに息を吸い込んだ。

「春休みが終わったら、どうすんだよ」

春は来る。季節は容赦なく移ろっていく。あと数日でこの休みが終わったら、久遠も碧李も二年生に進級する。部活で、中心となる学年だ。

「部に帰ってくる気、ねえのか？」

部活を再開すれば、当然、時間を束縛される。この春、杏樹は小学校に入学する。今までのように保育園への送迎はなくなるわけだ。しかし、自分のいない時間で、空間で、母と妹が向き合うことになれば……。

「わからない」

碧李は答えた。正直、わからなかったのだ。

「また、誤魔化す。おまえって、マジでいらつくな。おまえ走りてえんだろう。だったら、戻ってくりゃあいいじゃないかよ。いつまで、誤魔化してるつもりなんだ」

久遠の口調は、辛らつな内容のわりに落ち着いていた。いらついているというより、悲しげな響きがあった。足が止まる。

「ノブ、おまえ」

「なんだよ」

「何で病院なんかにいた？」

間髪《かんはつ》を入れず答えが返る。

「母ちゃんが、あの病院で働いてんだよ。あこがれのナース。コスプレするんだったら制服、貸してやるけど」

「おまえのおふくろさん、小学校の先生じゃないかよ。そっちこそ、誤魔化すな」

「冗談だよ。笑うとこだろフツー。そういうことじゃモテないよ。このごろの女は、顔よりユーモアのセンスで男を選ぶんだから」

「ふーん、ノブは選ぶ方じゃなくて選ばれる方なんだ」

「当たり前だろが。男の未来については、おれはそれほど楽天的じゃねえんだ。カノジョ作るの、これからますます厳しくなるぞ。偏差値の高い女の子は、特に。おれなんか、足切りとかされそう。おーっ、絶望的じゃん」

　久遠は饒舌だった。普段も口数は多い方だが、こんな性急なしゃべり方はしなかった。

高校に入ってからの付き合いだけれど、妙に気が合って、かなりの時間をいっしょに過ごしたから、どういうやつかある程度のことはわかっている。ある程度だ。地に埋もれた場所、水面下に沈んだ部分、闇に塗り込められた一角を、誰もが隠し持つ。人は人として生まれた運命のように、自分さえ見通せない何かを抱えて生きねばならない。

ほんの束の間だったけれど、千賀子の戦く目を真正面から見てしまった。自分自身への戦きと怯えだけが存在していた。

わたしは、何をしているの。何故、こんなことをしてしまったの。

自らでさえ摑めない自分が、確かにいるのだ。だとしたら、他者が何を理解できると言えるだろうか。

それでも……、碧李は立ち止まったまま、久遠の饒舌な口元を見つめる。

それでも、こいつがいつも以上に饒舌だということ、こいつが落ち込んだとき、その消沈を知られたくなくて陽気に振舞うことぐらいは、摑んでいる。

小児科の隣は整形外科だった。待合室のイスに、ギプスを嵌《は》めた少年や杖を手にした老人がちょっと不機嫌な表情で座っていた。

「どこか、悪いのか？」

口にしてから軽率で無神経な問いだと気がついた。久遠は、ハードルの選手だ。整形外科を受診している意味を考えれば、問う必要などなかった。

久遠が歩き出す。四辻《よつつじ》に来ていた。ここを左に曲がればマンションは徒歩三分の距離だ。久遠の家は直進した先の住宅街にある。

「ノブ、寄っていくか？」

ダウンジャケットの背中に声をかけていた。久遠は振り向き、僅かに顔を歪める。

「ミド、おまえ、怖くねえ？」

「怖い？」

「走るの、怖くねえか？」

腕の中の身体を強く抱き締めていた。杏樹を支えるためではなく、自分を支えるために小さな身体に縋っていた。久遠の一言は、棍棒の一撃に似た重い衝撃を与える。

走るの、怖くねえか。

「おれは、怖《こ》ええよ」

久遠が呟く。視線は、浮遊する物を追うように空《くう》に流れた。

「ずっと調子悪くて、当たり前に跳べてたものが、当たり前に越せなくなった。この前、転んだんだ。足、ひっかけちゃって……かっこ悪いだろ。試合とかじゃなくて、ただの練習でだぜ。タイムは計ってた。試合形式の練習だったからな。そこで、すげえ無様《ぶざま》に転んだ。別に、どーってことないけどさ、どーってことないけど、ちょっとびびってんだ、おれ。あのハードルがもう二度と越せない気がして……どうしても、そんな気がしてしょうがねえんだ」

「だって、それは……どこかが……」

久遠の手が腰を押さえる。ふっと笑みが浮かんだ。淡雪のようにすぐに消えてしまう笑みだった。

「腰、痛めてるって。ずっと重かったから……あんまり無理をすると肉離れするかもって言われた。当分、マッサージに通う」

「腰か」

跳ぶことも、走ることも、投げることも、腰は要となる。痛めることも多い。

「コルセットとかしなくていいのか？」

「そこまで、酷《ひど》くねえよ」

「そうか」

それならよかった。

「腰が悪いんじゃ、調子が出ないのもしょうがないよな」

慰める口調になっていた。それは、どこか曖昧な媚《こび》さえ含んでいる。自分の口調に寒気がした。

「ミド」

久遠の表情は歪んだままだ。その表情のまま、唇を舐める。

「おれ、ほっとした」

「え？」

「腰、痛めている……つーか、痛めかかっているって診断されて、すごくほっとした。不調の原因がわかったからじゃねえ、不調の言い訳ができたからだ」

「ノブ……」

「腰のせいじゃねえ。腰が治ったって、おれ、あのハードルを越せない。越せる気がしねえんだよ」

腕の中で、杏樹が身じろぎする。早く帰ろう。早く帰って、布団に寝かせてやろう。早くここから、離れよう。

「なあ、ミド。おまえ、もう一度、陸上競技場のトラックを走れるか？　あそこ走るの、怖いとか感じねえか？　そんなことないのかよ」

のたうつゴールライン。くねる白い線。喘ぐ心臓、重くて重くて、大地に釘付けにされたかと疑うほど動かない足、不快なだけの汗、旋回する一羽の鳶、ただ青いだけの空……身震いしていた。

久遠の視線が絡んでくる。舌が覗き、唇をゆっくりと舐める。

「碧李」

こもった不鮮明な声が名を呼んだ。

「二人で練習でもすっか？」

がらりと口調を変え、久遠はにやりと笑ってみせた。

「なーんか、あんまし真剣に悩むのも、どうよ？　って感じだろ。久々にグラウンドで練習しねえか」

「練習か……」

「おまえが一人で走ってんの知ってる。うーん、だからな、おれに付き合ってくれよ。おれ……」

久遠は笑顔のまま続けた。

「まだ、陸上に未練があんだ」

「腰は、だいじょうぶなのか？」

「跳ばなきゃな。どーってことない。軽いランニングぐらいでいいからさ、付き合ってくんない？」

「今日は、グラウンド、使えねえだろう」

「使えるさ。うちのグラウンド、水はけだけは抜群にいいじゃん。午後からどうだ？三時ごろ……あっ、でも無理か。彼女、病気だもんな」

久遠の顔が空に向く。柔らかな青空が頭上に広がろうとしていた。

「じゃあ、またな」

ひらりと手を振って、ダウンジャケットの背中は、真っ直ぐに横断歩道を渡っていった。


杏樹を寝かせる。念のため熱を計ると、7度台まで下がっていた。

怖ええよ。

久遠の声がずっと耳に残っている。碧李の奥にある恐怖までも掻き出してくる声だ。

走ることに条件はない。ただ、肉体と大地があれば事足りる。記録も称賛も順位も勝負も、関係ない。この肉体、この大地、それだけで全てが満たされるのだ。単純で底知れない快感が、大地から湧き上がり、肉体を抱擁する。走るとはそういうものだ。だから、走り続けたかった。

怖いんだ。碧李、おれは怖くて堪らない。

息を吸い込む。杏樹の寝顔に視線を落とす。穏やかな寝息。布団がゆっくりと上下している。

守るためだけじゃなかった。

閃光のように思いが煌く。身体の内側から網膜を射るような眩《まぶ》しさだった。

杏樹を守りたくて、母さんを守りたくて、二人の盾になるつもりで、おれは、部を辞めた。

ずっとそう言い聞かせていた。おまえは、守らねばならない。何を犠牲にしても守らねばならないものがある。そう信じることの陶酔と安楽。

だけど、違う。

碧李は唇を噛んだ。強く、強く、血の匂いが口中に満ちるまで噛み締める。

おれはレースを怖がっていたんだ。

あの惨めさをあの苦痛を、走ることが苦役となる恐怖を二度と味わいたくはなかった。

もう一度トラックを走り、もう一度同じ目にあいたくない。母や妹を隠れ蓑《みの》に、恐怖から逃げていた。

錆《さ》びた鉄の味がする。舌の先で自分の血を舐め取る。

おれは怖れていた。今も怖れている。

杏樹の枕元に画用紙が重なっていた。どれにも自転車が描かれている。白い車体に青い線の自転車ばかりだ。杏樹自身らしい女の子がペダルをこいでいた。髪を後ろになびかせて、女の子は笑っている。

碧李は立ち上がり、携帯電話のボタンを押す。呼び出し音四回、女性にしては低音のしかし艶のある声が答えてくれた。

「はい、前藤です」

「先輩、加納です」

「うん、加納くんね。どうしたの？」

「頼みたいことがあって」

「なに？」

「妹、少し調子悪くて、今眠ってるんです。三時から一時間だけ、来てもらえませんか。傍にいてやってほしいんです」

「いいよ」

躊躇《ちゅうちょ》なく前藤杏子は言った。理由など一つも訊かなかった。

「三時ちょっと前に加納くんのマンションに行くわ」

碧李の方が慌てた。こんなにもあっさりと受け入れてくれるとは思わなかったのだ。

ただ、杏樹のことを頼める相手が、杏子しか思い浮かばなかった。杏子の顔しか浮かばなかった。

「先輩、あの、すいません。図々しいこと言っちゃって……」

「いいよ。図々しいとか思ってないもの。じゃあね」

通話が切れる。

杏樹が寝返りをうって、何か小さく寝言を漏らした。ママと聞こえた。

裏門から入り、グラウンドに向かう。そこは、もうほとんど乾きかけていた。走るだけなら支障はないだろう。

頭上で甲高い声がした。見上げる。空に円を描いて鳶が一羽、舞っていた。

ストレッチをしていたのか屈み込んでいた久遠が立ち上がる。碧李の姿を見つけ、背筋を伸ばした。そのままの姿勢で暫く動かない。

空からの光にグラウンドの残雪が淡く輝いた。

桜吹雪に手をかざし

校門のすぐ傍らに驚くほど大きな桜の樹があった。

もう散り始めている。

千賀子は足を止め、満開を過ぎた桜の花々を見上げてみた。風もないのに花びらが散る。風がそよげば、なお数を増して花は散り、校舎へと続くコンクリートの道に薄紅色の溜りを作る。千賀子のスーツの肩にも一枚、ひらりと散り落ちてきた。指先でつまんでみる。今日は萌葱色のスーツを着ている。杏樹の小学校入学式用に新調した。ブランド物でも、高価な品でもなかったが、目に鮮やかな、いかにも春を告げるのに相応しい新緑色とごてごてと飾りのついていない単純なデザインに惹かれて買った。

「どう？」

昨夜、ハンガーに吊るして碧李に尋ねてみた。読んでいた本から顔を上げ、碧李は僅かに首を傾けた。

「どうって?」

「似合うと思わない?」

「母さんに?」

「当たり前でしょ。あんたに着なさいなんて言わないわよ」

碧李が苦笑する。それから、少し目を細めて「いいんじゃない」と呟いた。視線はほんの一瞬、萌葱《もえぎ》色のスーツをなでただけだった。

「それだけ?」

「他に何か期待してる?」

「だって、もう少しつっ込んでくれてもいいんじゃない。こういう色のスーツ着るの初めてなんだし。スカートの丈とかどう? 少し短すぎないかなあ」

「母さん」

「なによ」

「それ、明日、杏樹の入学式に着るんだろ」

「そうよ。入学式にはちょっと派手かな。でも、このくらいの色合いじゃないと、華やかな雰囲気、出ないものね」

「だからさ、入学式の主役は母親じゃなくて、新入生なわけだろ。親が何を着てても別に構わないと思うけど」

「まっ、随分な言い方ね。失礼しちゃうわ」

「ママ」

風呂から上がり、パジャマに着替えていた杏樹の顔が明るくなる。湯上がりの赤らんだ顔に笑みが広がっていた。

「これ、杏樹の入学式に着るの」

「ええ……そうよ」

思わず目を伏せる。嬉々とした娘の笑顔が眩しかった。目に痛くてまともに見られない。眼球を突き抜けて、痛みは胸の底まで刺さってきた。

「すごいきれいな色。お山の色だね。葉っぱが出て、一番、きれいなお山の色」

「そうね。萌葱色っていうのよ」

痛みを堪え、辛うじて答える。語尾が震えた。碧李が本を閉じた。

「杏樹の入学式用なんだ。すごい。ママがどこにいるか、すぐわかるよね」

目を上げる。視線がぶつかってきた。碧李のものだ。閉じた本を膝に乗せ、千賀子を見つめている。

この街に越してきて一年余り。その時間の間に、碧李は多くのものを身につけた。そして、同等に多くのものを失った。そんな気がしてならない。今、自分に向けられている眼差しは、一年前の碧李には決してなかったものだ。どこか戸惑うような、どこか哀れむような、どこか包み込むような眼差し。大人の男のものだった。この眼差しを獲得したかわりに、碧李は屈託なく笑うことや無意味にふざけることを喪失した。千賀子は再び目を伏せる。

わたしが、この子に背負わせてしまった。

胸底の痛みはさらに深く鋭くなる。穴を穿《うが》たれているようだ。

わたしが愚かだから、わたしが弱いから、この子に重荷を背負わせてしまった。わたしが大人になることを急かしてしまった。もう少しゆっくりと一歩一歩丁寧に、大人へと歩ませてやれなかった。少年の屈託のない笑いを、単純な明るさを、奪ってしまった。よくわかっている。痛いほどよく、わかっている。

「ママ」

杏樹が腰に抱きついてきた。濡れた髪が額にへばりついている。

「明日ね、入学式ね、どきどきする。杏樹が振り向いたら、ママ、手を振ってくれる？このお洋服を着て、ここにいるよって、こうやって手を振ってくれる」

杏樹の小さな手のひらがひらひらと動いた。

「杏樹……」

わかったわ、ママがいるから心配しなくていいのよ。

その一言が出てこない。杏樹は四月一日生まれだ。数日前にやっと六歳になった。入学式に臨む新一年生の誰よりも幼い。発育も発達も良好な杏樹に遅れが目立つわけではない。それでも、周りよりやや小さいことは事実だ。利発な杏樹はちゃんと、そのことを理解している。理解は微かな不安へと繋がっていた。小学校という未知の世界を目前にして少し緊張している少女に、自分の娘として育ててきた少女に言葉一つ与えてやれない。励ましてやることも支えてやることもできない。

ママがいるから心配しなくていいのよ。

言葉は喉の奥にひっかかり揺れる。不快な重ささえあった。

「だめよ。そんな濡れた手で……ママのスカートまで濡れちゃうでしょ。それに、やっと熱が下がったばかりなのに、またぶり返したらどうするの。入学式、お休みすることになっちゃうわよ」

杏樹の手を解く。自分のきつい声音が嫌で、誤魔化したくて、汚れてもいないスカートを叩《はた》いてみた。なのに、舌が止まらない。

「杏樹が熱なんか出すから、自転車にも乗れないじゃない。せっかく買ってあげたのに」

「あ……」

「手を離しなさい！」

杏樹が慌てて手を引っ込める。一瞬、怯えた目つきになった。小さな桃色の唇が一文字に結ばれる。

似ている。

閃光に似た思いが、脳裏を走った。似ている、謙吾にそっくりだ。一年前に別れた夫と重なる表情。謙吾もよく、こんな顔つきをした。何かに困惑したとき、迷い事があるとき、意に沿わぬ事態に陥ったとき、口を強く結び、視線を空に彷徨わせたりした。実の親子ではないくせに、実の親子である碧李よりよほど似ている。

口元を引き締め、視線を彷徨わせてから、謙吾は別れと謝罪の言葉を口にした。

「すまなかったな」

笑ってしまった。二十年近い夫婦の関係を終わりにするには、あまりに陳腐な台詞ではないか。笑うしかない。それは、もう何年も前から、自分以上に大切な相手が謙吾にいたことを気がつきもしなかった自身の迂闊《うかつ》さ、愚鈍さに向けた笑いでもあった。

笑うより泣いた方が別れの場面には相応しい。むろん、わかっていたし、薬剤師として働き始めてすぐ知り合い、まだ若い、せっかく手に入れた就職口なのに僅か一年で辞めるなんてと諫める周囲の反対を押し切って結婚したほどの男と、こんなにもあっさり別れていいのかと自問する声も耳に響いていた。

わたしたち家族をこんなにも長い間裏切っていたのかと詰《なじ》ることも、思いなおしてくれと縋ることも、あんまりじゃないかと泣き叫ぶことも、笑うよりは遥かに相応しいのだ。

千賀子は数分前に判を押したばかりの離婚届が折りたたまれ、謙吾の胸ポケットに吸い込まれていくのをぼんやりと見つめていた。

謙吾が立ち上がる。

「行くの？」

「ああ」

「用が済んだらさっさと出ていくわけ？　随分とあっさりしてるわね。あきれるわ」

やっと皮肉が言えた。膝の上でそっとこぶしを握る。

いいえ、わたしのやりたいことは、笑うことでも皮肉を言うことでもない。この人にむしゃぶりついていくことだ。このこぶしで胸を叩き、この爪で肌を抉ってやりたい。

こんな裏切りなんて最低じゃない。こんな去り方なんて、酷いじゃない。何なのよ、何なのよ。何なのよ。答えてよ。ちゃんと答えてから出ていってよ。

泣き喚きたい、取り乱し狂ってやりたい。わたしと同じ傷をこの人とこの人が愛した女に負わせてやりたい。

謙吾は立ち上がった姿勢のまま、小さく一つ頷いた。

「千賀子なら、だいじょうぶだろう」

「え？」

「千賀子なら、おれなんかいなくてもちゃんと生きていけるだろう。というか、最初から必要なかったのかもしれないな」

「何のこと……」

謙吾が微笑《ほほえ》んだ。出会ったころと変わらぬ、気弱で優しげな微笑だ。この微笑に惹かれて、交際を始めた。それまで、こんなに柔らかく笑う人など、周りに誰もいなかったのだ。

「千賀子は強いから……一人で生きていける人だからな。だけど、ホナミはそうはいかないんだ。おれがいないと、どうにもならない」

謙吾の相手の名前を初めて聞いた。

ホナミ……どんな字を書くのだろう。穂波、保奈美、歩那実、あるいは、ほなみと綴《つづ》るのだろうか。

麗しい響きがある。稲穂の先を微かに揺らす風のような名前だ。

千賀子は目を閉じた。謙吾に言われたことを反芻してみる。

千賀子は強いから……一人で生きていける人だからな。

同じことをずっと言われ続けてこなかった？　誰に？　誰に……そう、母さん、母さんだ。

真夏の昼下がり、自宅の居間で昏倒し、一ヵ月後に意識が戻らぬまま逝ってしまった母の言葉に謙吾のそれがぴたりと重なる。

千賀子、あんたはね強い子なの。頭も良いし、美人だし、誰にも負けないぐらい強い子なのよ。だから、しゃんと背を伸ばして、いつも毅然としていなさい。いい、弱みなんて見せちゃだめ。おまえは、優秀なの。誰より優れているの。だから、決して誰にも負けちゃだめよ。いつでも一番でいなさい。

母は呪文のように繰り返していたではないか。時には背中に手を置いて、時にはまじまじと千賀子を見つめながら、呪文を唱える。普段は優しくて、穏やかな母は、千賀子の成績が学年トップから一番でも落ちると目を吊り上げ、唇を震わせて怒った。

誰に負けたの？　高階くん？　本井さん？　何点、差があったの？

母は成績上位者の名前をちゃんと知っていて、その名前一つ一つを忌みものの如く発音した。千賀子の上に立とうとする者は、母にとってことごとく忌むべき敵であったのだろう。正直、重かった、母の思いも期待も言葉も重すぎて、身体が撓《たわ》む。

「母さんは、佐和子には何にも言わないのに、わたしにばっかり……」

四つ違いの妹は、母に何も強要されない。成績も、容姿も、生きる方向も何一つ指図されない。

「佐和子は、普通だもの」

母はそう言って笑った。あんまり、あっさりと言われたものだから、千賀子は「フツウ？」と聞き返してしまった。

「普通よ。とっても平凡な子。凡人って言うのかしらね」

「平凡て……いけないことなの？」

「まさか」

母はわざとらしく肩をすくめた後、千賀子の長い髪をなでた。

「平凡って良いことよ。目立たないし、疲れないし、それなりに幸せになれるものだし。とっても良いことじゃない」

「だったら」

千賀子の言葉を遮り、母は早口で続けた。

「でも、つまらないの。退屈しちゃうほどつまらないのよ。平凡な人生なんてね」

「母さん」

「佐和子はいいの。あの子はあの子でやっていくわ。平凡に普通に生きていくわよ。だけどね、千賀子は違うの。ほら」

二つの手のひらが、後ろからそっと頭を挟む。まっすぐに三面鏡に向かい合わされた。母の嫁入り道具だという鏡台は、曇りのない鏡面に十代の千賀子をくっきりと映し出していた。

「あんたは、こんなにきれいだし、頭も良い。ね、わかる？　平凡な者とは違うのよ。退屈なつまらない人生を送るような人ではないの。あんたはね、選ばれた人なんだから。ちゃんと、覚えておきなさい」

冷たい手のひらだった。あのときの、あの手のひらの冷たさを今でも時折、思い出す。鏡に映った自分の顔が妙にぎごちなく強張っていたことも忘れていない。

おまえは選ばれた者だと繰り返していた母は、千賀子から謙吾との結婚を告げられ、その決意が揺るがないと知ったとたん、体調を崩し入院するほどの落胆ぶりを見せた。

標準よりややふっくらとしていた頬は見る見るこけ、泣きはらした目だけが異様に赤く染まっている。

「なんで、結婚なんてするの」

母は見舞いに来た娘の前で声をあげて泣いた。病院のベッドの上だった。

「あんな平凡な男とあっさり結婚するなんて。いったい、どういう了見なのよ。もったいないと思わないの」

「思わないわ」

一回り小さくなった母を痛ましいとは感じない。むしろ、うんざりしていた。怒りもあった。気道が熱く火照るような怒りだ。自分が愛し、共に生きようと決めた男を全否定される怒り、謙吾との未来を祝うことすらできない親への怒り。千賀子は怒りに炙られて、半歩だけ母に詰め寄った。

「母さん、わたしはね、母さんが思っているほどりっぱでも強い人間でもないから」

「何ですって?」

「わたしぐらいの人間なんて、いくらでもいるのよ。母さんは田舎者で、この小さな街を出たことがないから、何にも知らないの。世の中にはね、わたしよりずっとずっと頭が良くて、ずっとずっときれいな人が何千人も、何万人もいるの。わたしなんて、平凡な普通の女にすぎないの。いい歳して、何でそんなことぐらいわかんないのよ」

　母の双眸が見開かれ、やがて大粒の涙がこぼれた。あの充血した目からこぼれたなら、血を含んで紅いのではと思われたけれど、涙はただの涙で無色のまま艶のない頰の上を滑っていく。

　母を謗《そし》ってはいたけれど、口にしたことは実感でもあった。通った大学の中でさえ、千賀子より優秀な者も美しい者も大勢いたのだ。まして、社会という雑多な広い場所に出れば、天賦の才や能力を与えられた人たちがたくさん存在する。狭い井戸の中で、騒いでいるだけではとうてい見通せない世界がある。そんなことも知らないのかと母に対する苛立ちは募るのだ。

「違うのよ。わたしは、母さんの望んでいるような生き方なんてできないの。もう、たくさんよ。もう、わたしに何も押しつけないで。わたしを縛らないでよ。結婚ぐらい好きな相手とさせてよ。わかる？　わたしは、平凡なの。母さんが嫌っていた平凡な人間なの。それに、母さんだって同じでしょ。ごく普通のつまらない」

「お姉ちゃん」

　佐和子が腕を摑んできた。地元の女子大に通っている佐和子は、母が入院してからずっと付き添っていた。この日からほぼ十年の後、自宅で昏倒した母を病院に運び、傍らを離れずにいたのも佐和子だ。姉に比べ、あまりに平凡だと一笑されてきた妹に、母は最期を看取ってもらった。

「母さん、病人なんだから。そんなに、怒鳴らないで」

「怒鳴ったつもりはないけど……」

怒鳴ったつもりはなかった。でも、いつの間にか声を荒らげ、表情を尖らせていたらしい。大きなため息が出た。母が白いシーツに顔を埋《うず》める。佐和子がその背中をそっとなでた。

「ごめんなさい。でも……わたし、謙吾さんと結婚するから。そう決めたの」

左手の指に視線を落とす。謙吾から贈られたプラチナの指輪が誇らしく輝いていた。

母が亡くなり、父も逝き、故郷に残って結婚した佐和子は三児の母親となった。千賀子は勤めていた総合病院を辞め、謙吾の勤め先のある都市で暮らし、碧李を生んだ。義弟の娘、杏樹を引き取り育て……そして、謙吾は去っていった。

千賀子は強いから……一人で生きていける人だからな。

謙吾を愛したことで母から完全に逃れたつもりだったのに、堂々巡りして、また元に戻っただけなのだろうか。

泣けばよかったのか、叫べばよかったのか、いや、そんなことできはしない。千賀子は結局、黙って謙吾の背を見送った。母や謙吾の言うとおりの強い女を演じきってしまった。

ああ憎い。

胸の中が煮えくり返る。

強いから、一人で生きていけるから。それがどれほど惨《むご》い言葉か吟味することもなく、さらりと口にした男が憎い。それは、強く生きることしか許してくれなかった母への憎しみに繋がり、千賀子は喘いでしまう。憎悪の鎖に縛られた自分をもてあます。

杏樹の眼差しや口元や表情に謙吾との血の繋がりを見つける度に、たまらなくなるのだ。ずっと抑えてきた感情が堰《せき》を切って流れ出す。杏樹は幼くて、無力で、弱い。そこに向けて感情をぶつける愚かさ、残酷さを自覚しながら止まらない。杏樹が一途に、母として自分を求めてくれれば、胸は潰れそうになる。それなのに手をあげてしまう。頬を打ち、胸を突き飛ばし、尻を叩き、足蹴《あしげ》にさえした。

わたしは何をしているの。娘に何をしているの。

止めなければと思う。こんなことをしていてはだめだと思う。この子に何の罪もないと思う。思いの裏側にほの暗い快感がはりついていた。母に対する恨み、謙吾に対する憎しみ、自分に対する憤り、全てがゆるゆると溶解していく快感。行き場のない感情が、荒ぶることで鎮められていく。

でもこれは、人のやることではない。

自分の内に巣くう鬼にも夜叉にも出会ってしまった。これならまだ、娘の耳元に呪文を囁《ささや》き続けた母の方がましではないか。少なくとも、母は娘に肉体的な苦痛は与えなかった。

自分を律することもできない強さなんて、わたしの強さなんて、みんな紛い物だったわよ、母さん。どれもこれも、間違っていたの……ねえ、わたしはどうしたらいいの。

「ママ……」

杏樹が見上げてくる。千賀子は両手を重ね、胸を押さえる。手のひらに鼓動が響く。

碧李が立ち上がった。

「杏樹、明日の用意はしたのか?」

何気ない口調だった。杏樹は振り向き、大きく頷いた。

「できたよ。お帽子もおくつも揃えたよ。お道具箱も自分で持ってきなさいって、言われたの。だから、持っていくんだよ」

「そうか。でも、もう一度、確かめてみよう。ハンカチとかポケットに入れてないかもしれないし」

「ハンカチ、入れたよ。ママが買ってくれた小鳥さんのハンカチ。ティッシュも入れたよ。右のポケット」

「ほんとかなあ」

「ほんとだよ」

「よーし、じゃあ、調べてみるぞ」

「いいよ。ぜーったい、だいじょうぶだもん」

碧李と杏樹が隣の部屋に入っていく。杏樹の笑い声が伝わってきた。千賀子は視線をスーツに戻す。萌葱色のスーツは電灯の明かりに照らされて、静かに佇《たたず》んでいるようだった。


桜の花びらが目の前を過ぎていく。手を伸ばせば一枚、そっと手のひらに乗ってきた。春が盛りを迎えようとしている。謙吾との生活の残滓を全てぬぐって、この街に越してきてから一年がたった。

時は留まらない。その流れが緩やかなのか、急ぎすぎるのか、千賀子には答えられないけれど、留まることなく流れることだけは、確かだ。人の思いだけがぐずぐずと澱み続けている。

「加納杏樹ちゃんですね」

六年生だろうか、すらりと背の高い少女が屈み込んで、杏樹の胸にバラの造花をつけてくれた。下に『かのう　あんじゅ』と書かれた名札がついている。

「加納さんは、赤いバラだから一年一組です。お姉ちゃんが連れて行ってあげるからね」

少女が杏樹の手をとる。赤いバラを胸につけて、杏樹は千賀子を見上げた。

「お母さんは体育館の方に行ってください。加納さんは教室に行こうね。席を教えてあげるから」

「うん……」

「だいじょうぶだからね。お友達がいっぱいいるからね。キリンさんの絵もあるからね」

「キリンさんの？」

「うん。黒板に描いてある。入学おめでとうって言ってるの。昨日、わたしたちが描いたの。見たい？」

「うん、見たい」

「じゃあ、行こう」

聡明で子ども好きなのだろう少女は、笑顔のまま杏樹の手を引いて花飾りのついた教室に導いていった。風が吹く。少女と杏樹の背中に桜が惜しげもなく舞い落ちる。杏樹の小さな後姿が、そのまま桜吹雪に紛れてしまいそうで、千賀子は一歩、前に出た。

「杏樹」

呼んでみる。

杏樹は振り返り、桜吹雪の向こうで小さく手を振った。


「よろしくお願いします」

碧李は、前に並んだ陸上部員たちに向かって、深々と一礼をした。

ざわりと空気が動く。声とも音とも異質のざわめきが頭の上を過ぎていった。軽く息を呑み込んで、顔を上げる。視線がぶつかってきた。冷ややかな、戸惑うような、棘《とげ》を含んだ眼差しだ。

「まあ、みんなも知っているように、いろいろ事情があって加納は一度、退部したけれど、こうして、また戻ってきた。陸上部員として、いっしょに励んでもらいたい」

東部第一高校陸上部監督、箕月衛の言葉にざわめきはさらに広がり、そのまま視線に収斂《しゅうれん》して箕月監督の横に立つ碧李に再び、ぶつかってくる。

碧季は顎を引き、身体の横でかるく手を握り締めていた。

「監督」

武藤が手を挙げる。夏の大会までチームを引っ張っていくキャプテンだ。三千メートルで県内三位の記録を持つ。

「加納は一度、辞めた人間です。再入部するのは勝手だけど、新入部員と同じ扱いということでいいですか」

きれいに整えられた眉の下で、ぎょろりとした特徴的な目が碧李を凝視している。

「むろんだ」

箕月が即答する。列の一番端にいた三年生マネジャー前藤杏子が微かに身じろぎした。

「学年は関係ない。入った時点では誰もが新入部員というのは、鉄則だろう。これから入部してくる一年生と同じ立場でかまわん。いいな、加納」

「はい」

当然だろう。どんな理由があるにしろ極めて個人的な都合で部を辞めた人間だ。すんなり、元の場所に戻れるわけがない。眼前に並ぶ陸上部員たちの非難も批判も受け止めなければならない。覚悟はしているつもりだった。

「よし、では、各自、軽いストレッチの後、ランニングに移れ。明日の入学式で、グラウンドは臨時駐車場になる。準備のため三時までしか使えない。基礎練習を主に効率よくこなせ。それから、久遠」

「はい」

新二年生の列から久遠信哉が手を挙げた。

「おまえ、練習だいじょうぶなのか？　無理をするな」

「ランニングぐらいなら平気です」

「そうか。しかし、痛みが強くなるようなら、即、止めとけよ」

「はい」

久遠は腰を痛めていた。ハードルを使うのはまだ無理だが、練習には出てきていた。視線が合う。久遠が口元を綻《ほころ》ばせ、軽く片目をつぶった。

何故、退部したのか。久遠にも告げていない。いずれ話したいと思う。杏樹のために、幼い妹を守るために辞めたのだという自分で自分を誤魔化すための理由ではなく、本当のことを語りたい。

なあノブ、おれな、走るのが怖くて、トラック競技が嫌で、一万のレースが怖ろしくて、びびってる自分を認めたくなくて、おれは走れないんじゃない、走らないだけだ、そう信じたくて、逃げちまったんだ。親のせいにしていたら、妹のためだと思っていたら、すごく楽だった。しかたないんだ、こうするしかなかったんだって、おれ、ずっと自分に言い聞かせてたんだ。笑えるよな。笑えるだろう。笑われてもしかたないほど、卑怯《ひきよう》だった……。

久遠なら、ちゃんと聞いてくれるだろう。ただ黙って、わざと気のない様子をして聞いてくれるはずだ。今はまだ、きちんと告げられる自信も自分の本当の弱さを晒す決心もあやふやだけれど、もう少し強くなれば、走ることから目を背けずにいられたなら、そのときは久遠に向けてぼそぼそと語ってみよう。

「よし、ランニング始めるぞ」

武藤の声が響く。碧李はシューズの紐を固く結び直した。野球部やサッカー部が練習しているグラウンドの外縁をなぞるように、陸上部の一団が走り出す。碧李は最後尾についた。

足元を風と一緒に桜の花びらが過ぎていく。今晩から明日早朝にかけて雨が降ると聞いた。花散らせの雨となるのだろう。一週間前に淡雪が降り、雪融け水がまだ消えないうちに桜は開花した。そして、もう満開となり散り始めている。桜とは、こんなにも生き急ぐ花だったろうか。

ふっと空を見上げてみる。薄雲が広がっているだけだ。雨になるとは思えなかった。

杏樹、ちゃんとやっているかな。

妹のことを考える。今日は小学校の入学式だ。

「有香ちゃんやありさちゃんと同じ組だったら、いいなあ」

今朝、杏樹は何度もそう繰り返していた。いつもより、ずっと緊張して見えた。仲良しの友人の名前を呟くことは、緊張をほぐすための杏樹なりの儀式だったらしい。

妹は愛しかった。それは、嘘偽りのない感情だ。あの笑い、あの温《ぬく》もり、あの眼差し、無防備な甘え、無邪気な仕草、そして六歳になったばかりの幼女が背負うには過酷とし か思えない運命。守ってやりたい。杏樹が一人で自分の背負うたものに立ち向かえるほど大きくなるまで、この手で抱き締めて庇護してやりたい。強く思う。

誰かを守りたいと強く思うことは、その誰かに守られていることでもある。杏樹が教えてくれた。

身体が温まってくる。走り始めると、身体を取り巻くもの一つ一つがそれぞれの存在を際立たせてくる。血の流れとか、心臓の鼓動とか、気道を滑っていく空気とか、大地の感触とか風とかグラウンドの湿り気とか匂いとか、みんな競うように鮮明になり、存在感を増してくる。そして、吸い込まれていくのだ。

碧李は、身体を取り巻く全てが遊離し周りに吸い込まれていく感覚に自身を委ねる。

無ではない。何かがある。自分という小さな核は、磨耗することも砕けることもなく確かに在《あ》るのだ。桜の花びらが散るように、核に纏いついていた諸々のものが落ちていく。どんなに愛しい者のことも、深い苦悩も、胸震える喜びも剝がれ、漂い、消えていく。妹のことも母のことも、はらはらと散っていく。

　走るとはそういうことだった。

　走り、走り、その果てに人の決めたゴールがある。人は走り続けることはできない。だから、終着点を決めるしかないのだ。ゴールを突き抜けさらに走れば、どんな風景が広がるのか。疼《うず》くほどに憧れもするけれど、今は到底、手が届かない。まずはゴールを目指す。

　晴れ上がった秋空の下で無残に歪んだゴールラインに今度は、しっかりと走り込んでみせる。走ることを怖れるのではなく、小さな核となった自分を抱いたままテープを切ってみせる。走ることを裏切ったまま、自分を誤魔化したまま終わりにしたくはなかった。

　身体が前につんのめった。足が何かにひっかかった。

　あっ。

　体勢を立て直そうとしたとき、背中を押された。膝をつく。グラウンドの土がふわりと舞い上がった。

「調子にのんなよ」

「後ろを走れよ、新人」

「出っ張るな、じゃまくせえ」

揶揄《やゆ》と悪意を含んだ声が降ってくる。いつの間にか列の真ん中あたりまで出ていたらしい。

碧李は一息つき、立ち上がった。手のひらを擦《す》りむいていた。赤く血の滲んだ傷の上に土と石灰がまだらについている。

「ミド」

列から久遠が抜けてくる。

「だいじょうぶか？」

「うん」

「わりに、みんな露骨だな」

「まだ、手ぬるいだろう」

「覚悟はしてるってわけだ」

「ある程度までは」

「そりゃあ、健気《けなげ》なこった。けどな、ミド」

「うん？」

「おれ、王子さまの役、ちょっと無理かもな」

「は？　何だって？」

「健気なお姫さまの騎士役。守ってやりたいんだけど、実力不足でな。悪いけど無理、無理」

「何を言ってんだよ。ばか」

久遠はにやりと笑い、碧李の顔を見上げた。見上げた時には、すでに真顔に戻っていた。黒目が横に動き、視線が走る集団を捉える。

「当分はきついぞ」

「わかってる」

「じゃあ、走れ。ただし、一番後ろだぞ」

「おまえは？」

「歩く」

久遠は腰を曲げ、両手をそこに当てた。

「痛むのか？」

「ある程度まではな」

「ノブ、おまえ」

碧李は息を呑み込んだ。久遠が顎を引く。

「なんだよ？」

「おれのために無理をしたのか」

「はい？　何のことだ？」

「おれが部に復帰したから、心配してくれて、それで無理して練習に参加したんじゃないのか？」

一週間前、淡雪の融けたグラウンドで軽く走ったときより、久遠の腰は悪化しているのだろうか。それを押してまで、部活に出てきたのは、碧李のためではなかったのか。

たぶん、そうだろう。

気がつかなかった。自分のことで精一杯で、久遠の気遣いに少しも思い至らなかった。何でこうも思い至らぬことばかりなのか。己の迂闊さに啞然としてしまう。

久遠の顔がくしゃりと歪んだ。羽虫を払うように手を振る。

「ばーか、自惚《うぬぼ》れんな。おまえは、可愛いアイドルか？　おれの大事な恋人か？　何が悲しくて、おまえみたいにでっかい男をおれが心配しなきゃなんねえんだよ。キモイこと言うな。いいから。ほらさっさと走れ。走れるやつは、どんどん走れ。ぐずぐずしていると、たっぷり、こってり嫌味を言われるぞ」

久遠の手が腰から離れ、碧李の背中を叩いた。碧李は走り出す。久遠が背後で大きく息をついた。


碧李が転んでグラウンドに膝をついたとき、杏子は声をあげてしまった。

「危ないっ」

手の中のストップウオッチを握り締める。呼吸を整え、傍らに立つ箕月の横顔を見上げた。表情に変化はない。

気がつかなかったのだろうか？　でも、今のは確かに……。

「監督。あの……」

箕月は返事をしなかった。腕組みをしたまま、視線をグラウンドに注いでいる。いつもの姿勢のままだった。

「今、加納くん、わざと転ばされたんじゃないですか」

「そうかもしれん」

「監督！」

詰る口調になっていた。口調だけではなく、杏子は本当に少し、箕月に詰め寄ったのだ。

「そんな暢気なこと言ってていいんですか。みんなに注意してください。あんなのって、最低じゃないですか」

「マネジャー。頼むから耳元でそんな大声を出すな。頭の中まで響くじゃないか」

「だって、監督。加納くん、転ばされたんですよ。放っておいていいんですか」

「放っておけ」

にべもない言い方だった。思わず、息を詰めてしまった。杏子たちの前を一団が走り過ぎる。若者たちの起こした風に、地に落ちた花びらが再び、舞った。

「今野、顎が上がってるぞ。一宮は、もう少し腿をあげるんだ。ペースを乱すな。同じ調子で最後まで、走れ」

箕月が声を張りあげる。それから、走り出した碧李とその後ろを歩く久遠に目を向けた。

「久遠のやつ……おれに報告したより、かなり悪いみたいだな。まったく無理しやがって。マネジャー」

「はい」

「久遠を休ませてくれ。後で、ちゃんと話を聞かなきゃいかん」

「はい……」

「なんだ、不満そうだな？」

「いえ、そんなことないです」

「そうかあ？　さっき、むっとしただろう。監督のくせにいいかげんなんだからって、思っただろう。うん、間違いなし」

「勝手に決めつけないでください。そんなこと、思ってません」

「嘘つけ」

「嘘なんかついてませんたら」

「唇が目立つぞ」

「え？」

思わず口元に手をやった。薄くリップを塗ったばかりの唇は、微かに甘い香りがする。微かに桜色に染まってもいるはずだ。部活に出る前に、そっと色付のリップクリームを塗る。いつも、そうする。手鏡の中で、桜色の唇は艶めいて光り、どこか淫《みだ》らにさえ映った。

たった一塗りで、うっすらと唇を彩っただけで、鏡の中に女が映る。鏡の中の唇を、杏子は美しいとも淫靡だとも感じてしまう。高揚もし、切なくもなる。身の内で蠢く情動をむろん、誰にも話してはいない。だから、他でもない箕月にさらりと指摘され狼狽してしまった。頰のあたりが強張る。

箕月が、自分の唇を指さす。おかしそうに笑《え》んでいる。

「唇。ほら、尖ってきてる」

「なっ……なんのことですか」

「おや、本人が気がついてないのか。おまえは、腹がたつと物言いが居丈高になるし、唇が尖ってくるんだぞ」

「そんな……」

「ははは、何だ、本当に知らなかったのか。おれは、ずっと前から気がついてたけどな」

杏子は目を伏せ、靴の先に視線を落とした。強張っていた頰に血が上る。赤く染まった顔を箕月に見せたくなかった。

ずっと前から気がついていた？

ほんとうに、ほんとうに、そうですか、監督。濡れて光る唇の意味を、わたしが何を求めているかを、ほんとうに気がついているのですか。

空気がすっと緊張した。箕月が身じろぎする。

顔を上げた杏子の前を、加納碧李が過ぎていく。箕月の眼差しは、まっすぐに碧李に注がれ、走る少年に縫いつけられでもしたように、その動きから離れない。さっきまで、杏子に向けていた視線とは明らかに違う。いささかもぶれず、鋭く、きりきりと絞られている。

「加納か」

箕月が呟いた。呟いただけだ。すぐ傍にいた杏子だから、聞こえたにすぎない。しかし、呟きで充分だった。呟きに含まれた甘美な音は充分に耳を打つ。

「指示、出さないんですか？」

わざと声を低め、抑揚を消して問うてみる。

「加納にか？」

「そうです。さっきみたいに、指示出さないでいいんですか」

箕月は、腕組みをして小さく鼻を鳴らした。

「マネジャーは、どう思う？」

「加納くんですか」

他に誰がいる。今、箕月の目は、碧李の背中しか見ていないではないか。

「きれいなフォームだと思います」

「きれい……か」

「はい。全身がしなやかに動いているし、乱れもない。前から思ってたんですけど、加納くんのフォームってきれいですよね」

「フォームがきれいなんじゃなくて、走っている姿がきれいなんだろう」

「は……どういうことですか？」

「フォームっていうのはな、脆《もろ》いものなんだ。まして高校生ぐらいだと、ちょっとしたことで崩れるし、変化もする。同じフォームで走っているつもりでも、微妙にずれてて、そのずれがどんどん大きくなるなんてこと、別に珍しくはない」

「はい……わかります。完璧なフォームなんて、なかなか獲得できるものじゃないって、そういうことですね」

　箕月は、腕を組んだままかぶりを振った。

「もともと完璧なフォームなんて、ないんだ」

「え？　ないって……」

「理論上は存在するさ。だけど、全ての選手にぴったりの唯一つのフォームなんて、おそらく存在しない……と、おれは思ってる」

「でも、監督は毎日、細かにフォームの点検と矯正の指示を出しているじゃないですか」

「マネジャー、おれは、自分も知らない完璧なフォームを選手に伝授しようとしてるんじゃないぞ。おれに教えられるのは、基礎だけだ。あいつたちの能力を少しでも引き出すために、おれなりに練習方法を練り、指導する。それだけだ」

「加納くんは違うんですか？」

「さあ、どうだろうかな。マネジャーにきれいだと言われて、ああそうかと思った。確かに、加納ほどきれいに走れる選手はめったにいない。いや、走っている姿をきれいだと思わせてしまうやつは、そうそういないな」

「監督の言ってること……よく、わかんないです」

「だろうな。おれもわからん。全然、理論的じゃないよな」

「ですね」

箕月は苦笑し、ふっと肩の力を抜いた。

「まあ、そうだな。加納みたいなやつは、トラックを走っていても、草原を走っていても、同じようにきれいな走りができる。岩場でも、嵐の中でも、な」

杏子も肩の力を抜いた。唇をそっと拭ってみる。

「だったら、放っておいて本当にいいんですか。加納くんに反感持っている部員、かなりいますよ。さっきみたいなこと、しょっちゅうされちゃったら、加納くん、潰れちゃうかもしれません」

「おいおい。あんまり、侮るなよ」

「加納くんをですか？」

「部員たちだ。おれがずっと指導してきたやつらだぞ。そんなに、いつまでも拘《こだわ》って、一人を痛めつけるほど陰湿な連中じゃない。武藤がちゃんと目を光らせてるしな。加納は出戻りだ。はっきりとした理由も告げず部を去り、また帰ってきた。ずっとやってきた部員たちが反発するのは、当然だろう。加納だって覚悟のうえだ。それにな、加納自身、そう簡単に潰れやせんよ。潰れるようなら、帰ってこなかったはずだ」

「監督」

「なんだ」

「監督は、加納くんが部を辞めようとした本当の理由、わかっているんですか？」

　箕月がゆっくりと瞬きする。肯定の意味なのか否定の仕草なのか、測れない。

「おまえは、わかっているのか？」

　問い返されて、杏子は返事ができなかった。薄々、感づいてはいるつもりだった。碧李の妹への接し方は、兄というより保護者に近い。必死で守り、庇《かば》おうとしている。そんな風に感じられてならなかった。詳しい家庭の事情など露知らないけれど、
杏樹ちゃんのために、走ることを諦《あきら》めたの？

そんな思いをぼんやりと持っていた。でも、違うかもしれない。

今日、碧李の走る姿を目にして杏子は、混乱する。碧李が誰か他者のために、妹であろうと親友であろうと恋人であろうと、誰か他者のために走ることを捨てるとも、選ぶとも考えられない。加納碧李は自分のためにだけ、走るためにだけ走っている。そうではないのだろうか。

箕月が動く。腰を押さえて立っている久遠に近づき、何か耳打ちをした。久遠が首を横に振っている。

桜の花びらが淡く発光しながら、グラウンドを流れていった。


「お兄ちゃん」

帰るなり杏樹が飛びついてきた。

「あのね、杏樹ね一年一組なんだよ。尾山先生のクラスなんだよ」

「ふーん、一年一組か。よかったな」

「うん。有香ちゃんともありさちゃんとも、いっしょ」

「へぇ」

いい匂いがする。胃が痛いほど空腹だった。キッチンのテーブルに重箱に入った赤飯が載っていた。鶏のから揚げとマカロニサラダ、オニオンスープの器もある。

「すげえ、豪華だな」

「お赤飯、佐和子が届けてくれたの。ほら、あの子の家、乾物問屋だから。小豆とかもいっぱいあるんだって」

エプロン姿の千賀子が微笑んだ。化粧を落とした顔が少し、やつれて見える。

「悪いけど二人で先に食べててくれる。ちょっと疲れちゃって」

千賀子はエプロンを取ると、碧李の目を束の間、覗き込んだ。

「お願い」

「うん」

「杏樹、野菜も残さず食べるのよ」

「うん、食べる。人参も食べる」

「そう……杏樹は……いい子ね」

千賀子の手がそっと伸びた。杏樹の頭をなでる。

「いい子ね。杏樹」

母の目に涙が盛り上がったのを碧李は、見た。母さん。そう呼びかけようとしたとき、千賀子は二人の子どもに背を向けた。隣室に消えていく。

窓ガラスがかたかたと鳴った。風が強くなっている。湿り気を含み、雨を呼ぶ風だ。身体の中をゆっくりとグラウンドの感触が巡る。レースに向けての第一歩を踏み出した地の感触だ。

これからだ、まだ始まったばかりなんだ。

闘いは始まったばかりだ。

おれも、母さんも。

窓ガラスが鳴る。どこから飛んできたのか、桜の花びらが数枚、文様のようにくっついていた。

風が強くなる。春の盛りが終わろうとしていた。

紺碧の風のように

雲が切れて、空が覗く。眼球に突き刺さるような青が覗く。この前まで、そこにあった柔らかさは跡形もなく消え失せ、猛々しい色と眩むような光だけが溢《あふ》れていた。

夏が来る。

風も光も空気も音も熱を孕《はら》み、挑みかかる。そんな季節が目前に迫っていた。

碧李は身体を屈め、息を整えようと僅かに口を開けた。汗が滴り、グラウンドの上に落ちていく。小さな汗の一滴は乾ききった土に瞬く間に吸い込まれ、何の痕跡も残さない。細かな土の粒子が微かな風に舞い上がり、光の中で煌めくだけだ。

走り終えた身体は風よりも光よりも熱を帯び、痛いほど火照る。身体の内を巡る血さえ、発熱しているようだった。

やばいな。

顔を上げ、唇を嚙む。

この熱は少し、やばい。外へと発散し推進《すいしん》力へと変わるものではなく、内へとこもり疲労となり、力を消耗させる悪熱だ。

「加納くん」

前藤杏子が近づいてくる。苗字に合わせたわけではないだろうが薄い藤色のスポーツウェアーを着ていた。その色は、ふっと人目を引くほどに杏子によく似合っていた。山藤の花の色が初夏の新緑と空に何より似合っているように似合っている。三日前に思い切ってショートボブにしたばかりだという髪型が、東部第一高校陸上部マネジャーをマネジャーではなくアスリートのように見せていた。それもまた、藤色のウェアーに映えている。

杏子は、黙って手の中のストップウオッチを差し出した。碧李の視線が画面に注がれたのを確認してから、記録用の時計を軽く握り込む。

「平凡よね」

「まったく」

凡庸な数字だ。機械というものは容赦ない。人間の感情も想いも関係なく、ただ数字だけを突きつける。凡庸な走りの結果としての、凡庸な数字。

碧李は背筋を伸ばし、天を仰いだ。雲の切れ間から覗く青が眩しかった。杏子の手渡してくれたタオルで首筋を拭く。洗い立てなのだろう、タオルは石鹸《せっけん》と陽だまりの匂いがした。

「走り方を覚えろ」

監督の箕月衛が呟きのようにそう言ったのは、来月半ば、隣の市の陸上競技場で行われる記録会で碧李に五千を走るよう命じた直後だった。一年生たちといっしょに、砂場を均《なら》していた碧李は顔を上げ、五千という数字を呟く。

「五千ですか」

「不満か？」

「いえ」

「今回の記録会では、一万はない。五千の記録が長距離走の基準になる」

「はい」

近隣の六市町の高校を対象に開催される記録会は、規模自体はさほど大きくないが、秋の県大会の予選をかねていた。ここでの成績いかんによって、秋季大会のトラックに立つことができるかどうかが、ほぼ決まるのだ。

立たねばならない。どうしても。

トラックに立ち、スタートラインに立つ。そして走る。

去年の大会、走ることに負けた。順位でなく、記録でなく、結果でなく、走ること自体に惨めな敗北を喫した。

走ることが好きで走り続けた。薄の茂る河土手を、桜並木の下を、白く凍てついた道を走り続けてきた。走ることでしか味わえない快感も喜悦も自分は知っているのだと自惚れていた。走ることはいつだって自分に添うて、傍らにある。そう思い上がってもいた。幼稚で愚昧な自負だ。粉々に砕け散ったのは、当然だろう。

そんな生易しいものじゃなかった。そんな温順な相手じゃなかった。今、身体に降り注ぐ光よりもずっと獰猛《どうもう》で激しい。侮る者、甘える者、寄りかかってくる者を決して許容しない。

「加納」

「はい」

箕月の視線を受け止め、碧李は顎を引いた。

「走り方を覚えろ」

「え？」

「トラックでの走り方だ」

意味が解《げ》せない。自分より背の高い碧李を見上げ、箕月は右手を軽く振った。

「スタートからゴールまでを走る。これがトラックでの走りだ」

「はい」

「その間が、百なのか三千なのか一万なのか、それで走り方は変わってくる。当然だな」

「はい」

「おまえは、それがわかってないんだ」

箕月の指が固く握り込まれる。碧李は小さく息を吸い込んだ。

「おまえにあるのは、スタートだけなんだ。ゴールが見えていない。なあ、加納」

「はい」

「競技としてのランには、必ずゴールがある。そのラインを越えたら終了だ。ゴールラインに向かって全力で走る。自分の全てを出して走りきる。それが競技だ。だけど、おまえはゴールを突っ切っちまう」

ふいに箕月は笑った。くっくっと小刻みな笑い声を漏らす。表情も声音も高校陸上部の監督というより、悪戯《いたずら》を思いついた悪童に近い。傍らにいた杏子が軽く目を閉じた。

「ゴールに走り込むんじゃなくて、突っ切ってさらに走ろうとする。競技者としては最悪だ。けど……」

「けど？」

「けどな……いや、いい。ともかく、走れ。スタートからゴールまで五千。その距離を最高のタイムで走るんだ。身体に五千って距離感覚をしみ込ませるんだよ。おれの言っていること、わかるな」

「おぼろげに」

碧李は正直に答えた。おぼろげにしか、わからない。箕月監督の言葉は言葉としては充分に理解できる。頭は簡単に受け入れるのだ。しかし、身体が拒む。予め決められ、区切られた距離を走るということ、ゴールがあるということ、それを身体感覚として受容できない。戸惑いが身の内を巡る。競技者として、当たり前のことを理解しかね、惑う自分自身が情けなくもあった。

「いいんだ」

箕月が肩を叩く。

「おまえは、それでいいんだ。最初からはっきりゴールが見えている選手なんていない。走って、走って、徐々に身体が覚えていく。身体を走る距離になじませる」

「はい……」

「理屈はこのくらいでいい。ともかく、おまえは秋季大会でもう一度、あの競技場のトラックを走りたいんだろう。いや……走らにゃならんのだ……よな」

碧李は目を見開き、一瞬呼吸を止めた。

走るということから手痛いしっぺ返しを食らった。走ることは怖ろしい。とてつもなく怖ろしいものだ。

おまえに、何がわかる。

嘲笑う声を聞いてしまった。

おまえに、おれの何がわかる。

自分の傍らにいて優しく微笑んでいたものが、豹変し、牙を剝く。思い出す度に、悪寒がした。

走ることは怖ろしい。とてつもなく……。

だから走らねばならない。

怖《お》じて走ることに背を向けてしまったら、二度と手が届かなくなる。触れることさえできなくなる。

そこまで考え、碧李はいつも息を詰める。歩いていれば立ち止まり、ベッドに寝転んで音楽を聴いていれば音を忘れ、本を読んでいれば文字を追うことができなくなる。

手が届かない？

触れることができない？

おれは、いったい何を摑もうとしているんだ。

何を望んでいる。何を欲している。走ることで、何を手に入れようとじたばたしているんだ。

街路樹の下で、ベッドの上で、部屋の隅で、指を広げ目の前にかざしてみる。むろん答えはどこにもありはしない。

ゴールを突っ切ってしまう。箕月はそう笑ったけれど、人の定めたゴールを突破してこそ見えるものがあるはずだ。しかし、今、望んでいるものはそれではない。部に復帰し、レースに出る。ゴールラインをこの脚で越える。競技としての走りに、もう一度、挑む。今度は本気で、母のことも妹のこともさらりと脱ぎ捨て、裸になる。何も引きずらないままの剝き出しの心と肉体で挑む。それができるかどうか、自分に挑む。思考はそこまでは辿《たど》り着き、そこがゴールでいいはずなのに、さらに足掻いてしまう。

今秋、あの一万を走りきることができたら、区切りがつくだろうか。走ることを怖れないですむのだろうか。このごろ、そんなことまで考えてしまうのだ。十六歳で垣間《かいま》見た走ることの恐怖を克服できるのだろうか。さらに深い、濃い闇が待ち受けているのではないだろうか。考えても詮無《せんな》いことを考えてしまう。

おまえに、おれの何がわかる。

息を吐き出し、身震いし、碧李はやっと現の世界に戻る。それは、たいていほんの数秒の意識の遊離なのだが、思いのほか時間が過ぎていて驚くこともたまにあった。

街路樹の下に佇んでふっと我に返ったとき、肩に青葉が一枚乗っていたことがある。新緑の落ち葉かと見上げた枝で、数羽の小鳥が葉柄《ようへい》のあたりを一心に啄《つい》ばんでいた。

走らにゃならんのだよな。

箕月の一言は、考えても考えても解くことができない難問の唯一の解答方法を示していた。

走らねばならない。

走る。それしか、手立てはない。

「監督」

杏子が一歩前に出て、箕月に囁いた。

「二、三年生のストレッチが終わりました。パート毎の練習に移ります。指示してください」

「おっ、そうか。よし、一年生は道具をしまってランニングに移れ。前藤、練習メニューのコピーは？」

「できてます」

「よおし、二、三年は整列」

箕月がホイッスルを吹く。その音が消えない間に、杏子がすっと碧李の横に立った。

「手伝うわ」

杏子は碧李を見てはいなかった。眼差しは遠ざかる箕月の背中へと注がれていた。遠くから見れば、二人が会話を交わしているとは誰も思わないだろう。視線を合わさず、独り言のように杏子は囁き続ける。

「練習、手伝うわ」

「でも……」

「部活だけじゃ、ろくな練習はできないでしょ。新人並みの扱いなんだから。次の日曜日ね、午後からならグラウンド、空いているみたいよ。もう一度、ちゃんと確認して連絡する」

「先輩」

「とりあえず午後二時に。一番、暑い時だけど、大会の時はもっと暑いと思うから」

すっと踵《きびす》を返して、杏子が背を向ける。後には、甘い微香が残った。

「監督」

箕月の後姿に声をかける。グラウンドではパート毎の練習が始まっていた。

息を呑み込み、杏子は、僅かに目を伏せた。

この背中に声をかける度に、わたしはいつも息を呑み込んでしまう。まるで、口の中に残った何かを嚥下するように。

「なんだ」

「来週から、市営競技場の使用許可をとりました。毎日、午後四時から二時間です」

「そうか。来週からはフィールドとトラックを使って、実践的な練習に入れるな」

「はい。ついでに、トレーニングルームの予約もとりました。東部第一の陸上部員なら自由にトレーニングマシンを使えます」

「マネジャー」

「はい」

「さすがだな。完璧な仕事じゃないか」

「この仕事も、もう長いですから」

「おいおい、花の女子高校生がベテランＯＬみたいな言い方をするなよ」

「だって、ほんとにそうなんですもの」

ちょっとくだけた口調を使ってみる。

「このごろ、歳を感じちゃいます」

「勘弁してくれよ。お杏《きょう》に歳だなんて言われたら、もうすぐ三十っておれは、どうしたらいいんだ」

「老後に備えて貯蓄にでも励みますか？」

軽口を叩きながら、杏子は何気ない素振りで胸を押さえた。手のひらに自分の乳房の重さが伝わる。胸は、高鳴っていた。

お杏。

時折、箕月にそう呼ばれる。呼ばれる度に乳房の奥が鼓動を打つ。たった一言で、ほんの一言で、こうも心を乱される。馬鹿みたいだと思いもするけれど、どうにもならない。

箕月は腕を組んだ姿勢でからからとよく響く笑い声をあげた。

「よし、そこでスピードアップ。四百、走れ。武藤、先頭に立って集団を引っ張れ」

腕を解き腰に手を当てると、箕月は半身になり視線を選手たちから逸らせた。それは、杏子の肩越しに杏子を素通りしていく。視線の先に誰がいるのか、追わなくてもわかる。

「マネジャー」

「はい」

「付き合ってくれるのか」

「加納くんに、ですか？」

わかりきったことを問うてみる。ボードに挟んだ記録用紙の束が、風になぶられて乾いた音をたてた。

「そうだ」

「そのつもりです」

「すまんな」

「何で、監督が謝るんです？」

「せっかくの休日だろう。個人的に練習に付き合うのは、マネジャーの仕事の範疇《はんちゅう》を超えてる」

「個人的なことです」

「え？」

「加納くんに、個人的に惹かれてます」

箕月の眼がまともに杏子にぶつかってきた。瞬きもせずに見つめてくる。

そうよ、そんな眼で見つめてよ。マネジャーでも生徒でもなく、あなたの前に立っているわたしをわたしとして見てよ。

挑むように顎を上げる。

「おい……そうだったのか？」

「気がつきませんでしたか？」

「まるで……でも、まあ、そうか……そういうのも、あるかもしれんな。おまえも加納も、なかなかに魅力的ではあるかも……」

「本気にしないでください」

「は？」

「冗談ですから。そんなに本気にしないでください」

「前藤……おまえ、おれをからかってるのか？」

「はい。まさか、監督が本気にするなんて思わなかったです」

「おい、前藤、そういうことを冗談で言うな」

「いけませんか？」

「質《たち》が悪いぞ。もし加納が聞いて、本気にしたらどうするんだ」

「加納くんは本気にしたりしません。冗談かどうか、ちゃんと見極められるでしょ。利口な人ですから」

「まるで、おれがアホみたいに聞こえるじゃないかよ」

杏子は俯いて笑った。スニーカーの先が石灰で汚れている。

「尾美、膝が上がってない。上体を起こせ。目だ。視線を遠くに向けてみろ」

うーんと箕月は唸《うな》った。

「どうしました？」

「中距離陣に比べて、長距離の層が薄いと思ってな。今更のことだが、悩みどころだ」

「それで、加納くんに五千を？」

「まさか」

「違うんですか？」

「違うさ。うちの部の事情は関係ない。層が薄かろうが厚かろうが、あいつには長距離を走らせる。それだけだ」

「何故です？」

「そういうランナーだからだ」

箕月の唇が僅かにめくれた。穏やかな笑みが浮かぶ。

「最初に会ったときからわかっていた。あいつは長距離走者なんだよ、前藤」

「でも……」

「そこからジョギング。そうだ緩めろ。武藤、わかってるな。もう一度スピードアップ四百」

でも……。

杏子はボードを握り締める。胸が疼いた。疼いたそこから、べとりと黒い粘液が滲み出してくる。

「去年は、加納くん……一万で失敗しました」

唇を嚙む。口にしてから、どんなに強く唇を嚙み締めても遅い。言葉は実体を持っていないくせに、形も姿もないくせに、確かに存在してしまう。

わたしは加納くんに嫉妬している。

目を閉じて、首を横に振ってみる。

嫉妬して、彼を傷つけたいと思ってしまった。

「だけど、帰ってきたじゃないか」

箕月が杏子に向かって笑いかけた。グラウンドを走る少年たちよりずっと年下に見えるほど、幼い笑顔だった。

「逃げずにちゃんと帰ってきただろうが」

「そうですね……」

「頼むぞ」

「え？」

「支えてやってくれ」

はいという返事の一言が出てこない。

「おれが個人的に指導するのは、まずいからな。加納を特別扱いするわけには、いかんだろうし」

「当たり前じゃないですか。加納くんは出戻りなんですから。監督が特別指導なんてしたら、他の部員たちの気持ちが」

口を閉じる。何をむきになっているのかと自分を責める。箕月はただ、加納碧李の中にある未知の資質を感知し、喜んでいるだけだ。当然のことだろう。若く未熟で未完成で、発展途上の才能ほど指導者をそそるものはない。

わかっている。よく、わかっている。なのに、嫉妬するなんて。男であろうと女であろうと、この人の熱のこもった想いが他者に向くことが許せないなんて……。

背筋が寒くなる。

愛情は美しくも、温かくもない。残虐で、貪欲《どんよく》で、浅ましい。餓えた獣が獲物の骨の欠片まで食い尽くすように、相手の全てを所有したいと望んでしまう。

嫌だ、醜い。

杏子は顔を上げ、グラウンドの空気を吸い込んだ。自分を律するのは自分しかいない。

「頼まれました」

大きく頷いてみる。頷きながら、髪を切ろうと思った。本格的な夏が来る前に、この髪を少年と見間違われるほどさっぱりと、切り捨ててみよう。


自分の身体を錆びかけた機械のように感じてしまう。ギィギィと耳障りな音がする。むろん、碧李以外の誰にも聞こえない音だ。

なんでだ。

喘ぎながら自問する。

なんで、こんなに動かない。いつの間に、錆びついちまったんだ。

目の前にペットボトルが差し出された。髪を短くしたことで、さらに小さくなったような杏子の顔がすぐ傍にあった。

「水分補給、忘れないで」

「すみません」

「いちいちお礼なんて言わなくてよろしい。これも、あたしの仕事なんだから」

「休日に付き合ってくれるのがですか？」

「加納くん、記録会に出場したいんでしょ」

「はい」

「監督もそのつもりよね。だからって、そう簡単に出場できるわけじゃない。実力のことじゃなくて、他のみんなの気持ちを考えると……わかるよね」

「はい」

事情はどうあれ、自分の都合で部を辞めただけでなく、再入部してきた碧李のことを快く思わない部員は大勢いた。一年を除けば大半がそうかもしれない。

「だけど、加納くんは出場しなければならない。そのためには、みんなを納得させるだけの理由がいる」

「タイムという理由ですね」

「そう。加納くんが、五千の選手として選ばれてもしかたないかと、みんなが納得するタイムを出さなくちゃ。うちの部員って、みんな単純じゃない。あっ、良い意味でよ」

「はい。わかります」

「わかる？」

「ええ、よくわかります」

再入部を決めた時から、部員たちからの反感は覚悟していた。逆の立場なら碧李自身、明確なわけも告げず背を向け、再びのこのこと舞い戻ってきた者をあっさりと受け入れることは難しいと思う。言い訳はできない。百万の言い訳を盾にして自分を正当化してみせたとしても、軽蔑の矛先を向けられるだけだ。

走ることが怖くて、逃げた。

逃げたままでは前に進めない。だから、帰ってきた。

それだけが事実だ。

杏子の口元がほころんだ。横を向いて声を立てずに笑う。

「ちょっと、拍子抜けしたでしょ」

「あ……はい」

「もっと、陰険にびしばしやられるって覚悟してたんじゃない？」

「先輩、何でも、お見通しなんですね」

「ふふっ。だけど拍子抜けしたのは、お互いさまみたい。加納くんがあれこれ言い訳しないから、みんな、あれっ？　って思ったみたい」

「そうですか……」

「そうよ。みんな言い訳がましいやつとか、誤魔化そうとするやつが嫌いなのよ。加納くんは、そうじゃなかったから、ある意味、みんな困っちゃったんじゃないの。加納くんのこと、嫌なやつだって思えなくてさ。思えないと意地悪なんてできないものよ。そんとこが、みんなの単純でステキなとこなんだけど」

　碧李は無言で頷いた。部員たちの態度はそっけなくはあるけれど陰湿ではなかった。最初のうちこそ冷ややかに無視されてもいたけれど、このごろ一年生部員に交じって用具の片付けや整地をしている碧李に声をかけてくる者もけっこう、いたりする。

「久遠のおかげです」

「久遠くんの……あぁ、そうだね。それはあるね」

　久遠が特別に何かをしたわけでもない。ただ自然に振舞ったのだ。用があれば碧李に話しかけ、時に無駄話もする。腰を痛めて、当分、どんな練習も禁止されているはずなのに、欠かさず部活に出てきて、練習ができないんだからと、用具の出し入れを手伝ったり、一年生にアドバイスを与えたりしていた。久遠の存在が、碧李と部員たちとの間にあって、両者を知らぬ間に近づけてくれた。久遠は、媒介の役目を荷《にな》ってくれたのだ。

「は？　なに、それ？　子はカスガイってやつか。カスガイがどんな物か知らねえけど、ミドは考えすぎ」

「そうか？」

「あったりまえだろうが。おれは、未練がましくグラウンドに出てきてるだけさ。考えすぎっちゅうか、自意識過剰。おれ、おまえのことそんなに大切に思ってねえよ。ばか」

　久遠は鼻の頭に皺《しわ》をよせて、腰を両手で押さえた。久遠がどう言おうと、久遠信哉という存在が碧李を支えてくれたことだけは確かだ。

「久遠くん、いいよね。だけどやっぱり、加納くんの態度だと思うよ。だって……言い訳や誤魔化しって……命取りになるでしょ」

　杏子の声が低くなった。

「言い訳も誤魔化しも、アスリートにとっては命取りになる。バイ・ミツキ、よ」

「監督が？」

「うん。だけどさ、そんなのアスリートだけのことじゃないよね。言い訳や誤魔化しばっか口にしてると……腐っちゃう」

　人間としてですかと、碧李は問い返さなかった。杏子の表情がひどく生真面目に引き締まったからだ。

　この人も自分自身に言い訳や誤魔化しを許すまいと決めたのか。

「あはっ、あたしったら何を言ってんだろうね」

照れたのか杏子が俯く。そうすると、首筋が露《あらわ》になった。今まで髪に隠されていたそこは、驚くほど白く艶やかにそして無防備に光に晒されていた。グラウンドを吹き通ってきた風が杏子の短い髪をそよがせる。

胸の中に漣がたった。ほんの一瞬だけれど、碧李の中からフィールドが消え、トラックが消えた。発光するはずもない人の肌が眩しい。横を向いて、瞬きしてみる。

「だから、ともかくこれを」

杏子がまっすぐにストップウオッチを差し出した。

「あと一分、短縮」

「十五分ちょうど……ですか」

「そうよ。できれば、十四分台を。それなら、誰からも絶対、文句は出ないはず」

無理だな。

とっさに思った。身体が不協和音を奏でる状態で一分短縮は奇跡に等しい。

「それでは、疲労回復のために軽いジョギングを二十分」

「はい」

風が強くなる。雲が流れる。青空が覗き、光が地に注ぐ。

「夏が来るね」

光の降りてくる天へと顔を向け、杏子が呟いた。


「お兄ちゃん」

玄関のドアを開けたとたん、杏樹が飛び出してきた。

「どこに行ってたの？」

「あ……うん、ちょっと。母さんは？」

「ママ、お出かけしちゃったよ。お買い物だって」

「そっか」

出かける時、母の千賀子と杏樹を二人っきりにしてしまうことに、抵抗がなかったわけではない。

だいじょうぶか。

自分という緩衝物なしに、二人が向かい合っても、だいじょうぶなのか。そんな危惧を抱かなかったわけではない。一人で出かけることに躊躇《ためら》いもした。しかし、杏樹を練習に連れて行く気には、どうしてもなれなかったのだ。

杏樹の存在は重すぎる。傍にいれば意識せざるをえなくなる。できる限り無心で走りたかった。露骨に言ってしまえば杏樹が、いや、杏樹も千賀子も邪魔だったのだ。走ると決めた。誰にも邪魔をされたくない。誰のことも背負いたくない。酷薄なほど自己中心的な考えだ。それでも、走ると決めたのだ。碧李は母と妹を残して、玄関のドアを閉めた。

「お兄ちゃんがお出かけしてから、ママもお出かけしたんだよ」

杏樹の唇が尖る。千賀子は逃げ出したのだろう。賢明な方法かもしれない。だけど、母さん。

碧李はこぶしを握り締めた。いつまでも逃げているわけには、いかないじゃないか。

「お兄ちゃん」

杏樹の指がこぶしに触れた。

「お友達だよ」

「友達？」

「うん。こんにちはって来たの。えっと、あのね、前にも遊びに来たお兄ちゃん。ずっと二人で遊んでたんだよ」

そう言われて碧李は、千賀子のパンプスの横に汚れたスニーカーがあることに気がついた。見覚えがある。

「ノブか？」

「おう」

奥から久遠の声がする。

「いっしょに遊んだの。お絵描きしたの」

杏樹が手を引っ張る。

「よおっ。お帰り。まっ、遠慮せずに入って来いや」

ダイニングキッチンのイスに座り、久遠がひらひらと手を振った。

「はいはい、遠慮せずに、入らせてもらいます」

「どうぞ、どうぞ。なんならコーヒーでもいれようか」

座っている久遠の頭を肘で小突く。

「何ごとだ、ノブ？」

「何でもねえよ。ぶらっと寄っただけさ」

「おれに会いたくなったわけだ」

「うわっ。そーいうことをさらっと言うかぁ。すげえ自意識過剰。アンズ、おまえのにーちゃん、かなりのお馬鹿だぞ」

「アンジュだよ」

「アンズの方が可愛いじゃん。そっちにしろよ」

「他人《ひと》の妹の名前を勝手に弄《いじ》んな」

久遠がイスを揺すって笑う。どことなく、作り笑いめいて硬い声だ。碧李は立ったままスポーツバッグを足元に置いた。久遠の目が紺色のバッグをちらりとなでる。

「練習か？」

「グラウンドを走ってきた」

「無理すんなよ。完全休養ってのも必要だぜ」

「うん」

「おまえ見てると、こっちまで疲れる」

久遠の顔から、とっくに笑みは消えていた。

「なに必死こいて走ってんだって、つい言いたくなっちまうんだよな。言わねえけど」

「充分、言ってる。おまえ、今日、それを言いに来たのか？」

「いや……そういうわけじゃねえけど。おれさ、ちょっと意外だったんだよな」

「何が？」

「おまえのこと」

「おれ？　おれが、どうしたって？」

「おれな……ミドって、もう少し走ることが好きなやつなんだって思ってた」

「好きだけど」

「嘘つけ」

「嘘なんかついてねえよ」

久遠は立ち上がり、碧李の目の前に指をつきだした。

「好きな女とかいるか？」

「は？」

「今、好きな女がいるかって訊いたんだよ」

光を弾《はじ》く白いうなじが浮かんだ。

「どうなんだ？」

「黙秘する」

「おやまあ、一人前に隠し事なんかしちゃって。まあ、いいや。じゃあな、ちょっと想像してみろ」

「何を？」

「その女がブラとパンティだけで、おまえの前に立ってるんだって」

「はぁ？」

「そいでもって、その女はこう……ブラもパンティもとっちゃって、裸になるわけよ」

久遠はくねくねと身体を動かし、両手で胸を覆った。

「嬉しいだろう？」

「きもい」

「おれだと思うな。好きな女の裸を想像しろ。しかも、後ろにはキングサイズのベッドがある」

「そんな想像できるかよ」

「何で？　楽しいだろうが？　わくわくするだろう。いいよ勃起しちゃっても。おれ、気にしないから」

「ノブ、殺すぞ」

「好きってのはそういうことなんだぞ。わくわく、ぞくぞくしちゃって、うおっマジやべえなんて思うことだろうが」

杏樹が碧李を見上げて、首を傾げた。

「ボッキってなあに？　お兄ちゃん、それを持ってるの？」

久遠が咳き込む。吹き出したいのを堪えて、碧李は渋面を作った。

「責任とれよ、ノブ。妹にどう説明するんだよ」

「うー、性教育はお早めに。なあ、アンズ」

「なに？」

「おれと兄ちゃんにお茶、くれよ。グラスにペットボトルのお茶をついでくるんだけど」

「杏樹、できるよ」

「ＯＫ。だけどそれだけじゃなくて、氷もちゃんと入れるんだ」

「わかった。氷をいれる。ストローも持ってくる」

「完璧。いい子だ。じゃあ頼みます。あっ大き目のグラスにしてくれよな」

「わかった」

杏樹がスキップするような足取りで、食器棚の前まで行く。戸をあけてグラスを選び始めた。

「うん、これで勃起のことは忘れてくれるだろう」

「ったく。妹の前で変なこと口走んなよ」

「可愛いか？」

「え？」

久遠は顎をしゃくり、アンズと唇を動かした。

「そりゃあ……妹だし……可愛いけど」

「そうか」

久遠はテーブルの上にあったスケッチブックを手に取る。

「アンズと絵を描いてた。これ、おれが描いたんだけど」

「豚か？」

「猫だ。どうやったらこれが豚に見えるんだ？」

おかしくて笑おうとした。口元に浮かびかけた笑みが凍りつく。久遠が自分の描いた猫の絵をめくったのだ。

「これ……アンズが描いた」

久遠の口調も凍ったようにぎごちない。

「何だと思う？」

答えようがなかった。異様な絵だ。それだけしか、言えない。

異様な絵だ。

真ん中が黒々と丸くぬり潰され、その周りに灰色の羽虫のような物が散らばっている。黒い丸の下に押し潰された恰好で少女が一人横たわっていた。着ている物が真っ赤なのは布の色なのだろうか、血に染まっているのだろうか。少女の傍らには、やはり真っ赤な花が無数に咲いている。茎も葉も薄い灰色だった。

「おれが来た時、この絵を描いてた。一人で、ここに座って……なあミド、おれ、絵のことなんか何も知らないけど……これって、いいのか？　おれ、こんなぞっとする絵を見たの初めてで」

「ほっとけ！」

怒鳴っていた。叫んでいたのかもしれない。

「他人の家のことに口出しするな。ほっとけ。おせっかいなんだよ、おまえは」

「かもな。だけど、やっぱ気になるだろうが、アンズがこんな絵を描くなんて……なぁミド、アンズに何かあったのか？」

顔が強張る。久遠の視線が痛い。

「それに、お前が大声出すなんて珍しいよな」

「ノブ……」

一瞬、揺れた。久遠に今、全部をぶちまけたら、この部屋の中で起こったことをつぶさに話したら軽くなるだろうか。軽くなった身体で走ることができるだろうか。

違う。碧李は奥歯を噛み締めた。

違う。自分の荷を誰かにおしつけても、僅かも軽くなどなりはしない。走るということは、とても単純だ。単純だからこそ試される。おまえはおまえの全てを背負って、それでも走り続けられるのか。走り続けられる者なのかと、走ることで試されるのだ。

「杏樹は……関係ない」

声になるか、ならぬかという小さな呟きを久遠は耳聡《みみざと》くとらえたらしい。

「関係ないって、どういうことだ？　え？　あの……おまえが部を辞めたのアンズと関係あるのかよ？」

「違う！　杏樹のせいじゃない！」

「じゃなんで辞めた？　おまえ、あんなに走るのが好きだったじゃねえか。入部したころだよ。走るのが好きで……そうだよ、好きな女といる時みたいに、嬉しそうだったじゃねえか」

「帰れ」

「碧李！」

久遠の指が腕を摑んだ。指が食い込むような力だった。

「おれには、何もわかんねえよ。わからなくても、いい。無理にしゃべれなんて言わねえ。けど……けどな碧李」

指の力が強くなる。呻きそうになった。

「あそこに戻らなきゃだめだ。今のおまえじゃ、だめだ」

「離せ」

振り払おうとしたけれど、久遠の指は万力のように腕を締めつけて離れようとはしない。

ガラスの砕け散る音がした。碧李の視線の先で杏樹が棒立ちになっていた。血の気が引いた顔の中で双眸は瞬きもしない。足元に、砕けたグラスと氷とお茶が飛び散っていた。

「杏樹？」

「やだ……やだ……やだ」

蒼白の小さな顔が震える。目にくっきりと恐怖が浮かんでいた。

「杏樹、どうした？」

「やだ、怖い……怒らないで……怒らないで」

「え？　あ……いや、杏樹、違うよ。別におれたち……」

「そうだよ、アンズ。ケンカしてたわけじゃないから。ちょっと大きな声、出しただけじゃないか。怖がったりするなよ」

久遠がぎごちない笑みを浮かべ、一歩、前に出る。杏樹が悲鳴をあげた。足元に転がったグラスを摑み、投げつける。一瞬のできごとだった。久遠が仰《の》け反《ぞ》り、よろめく。両手で顔を覆って床に膝をついた。

「ノブ！」

「う……痛《い》ってぇ」

碧李は息を呑んだ。久遠の指の間から赤い糸のような血が滲み出したのだ。背後でも息を呑む気配がした。

「どうしたの……これって……」

千賀子の手から買い物袋が滑り落ちる。リンゴが一つ、久遠の膝近くまで床を転がった。リンゴの横に血が滴る。リンゴの表皮より、ずっと濃い赤だった。

杏樹の口から甲高い悲鳴が漏れた。人の声ではない。未知の生物の未知の声だった。高く震えて、胸に突き刺さる。

「やだーっ。ごめんなさい。ごめんなさい。やめて、いやだーっ」

杏樹は背中を丸め、しゃがみ込んだ。

「杏樹……杏樹……」

千賀子が大きく目を見開き、喘ぐ。身体が細かに震え始める。杏樹は口に手をあてて呻いた。嘔吐する。

「杏樹……」

碧李は妹に向かって手を差し出そうとした。幼い妹は自分の吐瀉物の中で膝をかかえて震えている。

助けてやらなくちゃ。救い出してやらなくちゃ。おれが……。

背中を押される。千賀子がふらふらと傍らを過ぎていく。

「杏樹、杏樹、杏樹」

娘の名を呼びながら、汚物とグラスの破片の中に座り込んだ。両手が杏樹を抱き締める。

「杏樹、ごめんね。ごめんね。こんなに、こんなに……怖い目をさせて……ごめんね。ママが、ママが……」

千賀子が号泣する。その腕の中で杏樹の身体は震え続けていた。

救急車を呼ぼうとした碧李を止めたのは久遠だった。

「あほか。このぐらいの怪我で救急車なんかに乗りたかねえよ。舐めときゃ治る」

そう言い棄てて帰ろうとする久遠を病院まで無理やり引っ張っていく。

二針、縫った。ふざけていてガラスにぶつかったという嘘を休日勤務の医者は怪しむ風もなく治療し、一週間程度、通院の必要があると告げた。

碧李から報《しら》せを受けて駆けつけた母親にも同じ嘘をついて、久遠は「帰ろうぜ」と碧李を促す。

「おふくろさんと車で帰らないのか？」

「うわっ、マジ寒う。この歳でおふくろといっしょにドライブするぐらいなら、匍匐《ほふく》前進で家まで帰る」

網包帯の頭を振って、久遠はにやりと笑った。

外には薄闇が広がっていた。初夏の長い一日が終わろうとしている。

「ノブ……あの」

「悪かったな」

「え？」

「おまえの言うとおりだ。おれ、興味半分でおまえん家《ち》の中に顔をつっ込んで……アンズに悪いことしたな。あいつ、おれたちが言い争っているみたいに思ったのかなぁ

……」

「杏樹は怖がってたんだ……荒っぽい言い方とか空気とか……みんな自分を苛《いじ》めるように感じたんだろう……」

悪いことしたなぁ。久遠が呟く。碧李は息を吐き出した。千賀子の背中が浮かぶ。杏樹を抱き締め、杏樹といっしょに震えていた。

あそこから何が始まるのだろう。娘を抱き締めることができた母親は変わるのだろうか。抱き締められた娘はどうなるのだろう。

「おれな、もう諦めた」

久遠もまた息を吐き出した。

「え？」

「ハードル。いや、ハードルだけじゃなくて陸上……もう、だめみたいだ」

「腰か」

「うん。完治するのに一年ぐらいかかるって。治っても競技は無理みたいだ。おかしなもんでさ。あんなに跳ぶことが怖かったのに、もう跳べないって思ったら、ものすごく淋しくて……それで、おまえん家に行ったんだ。おまえのことが羨《うらや》ましくてな」

「ノブ」

「羨ましくて……まだ、走れる、これからも走れるおまえが羨ましくてたまんなくて……でも、何だか、おまえと話がしたくて……」

「うん」

四辻まで来た。

「じゃあな」

久遠が手を振る。指先に血がこびりついていた。

「ノブ」

横断歩道を渡る背中に呼びかける。

陸上、やめるのか？

その一言が喉に痞《つか》えて呼吸を乱す。久遠は振り返り、無言でまた手を振った。

立ち止まったまま見送る。ふと見上げた空に星が一つ瞬いている。

走りたい。

想いが迫《せ》りあがってくる。

走りたい。この大気の中を、この大地の上を倒れるまで走ってみたい。

碧李は天を仰ぎ、暮れようとする街の空気を深く呼吸した。

この大地を踏みしめて

曇り空は嫌いだ。

季節にも時間にも関係なく、雲に覆われた空を見上げると憂鬱になる。昔からそうだった。ずっと昔からそうだった。まだ娘のころから、朝起きて一番に空を見る、着替えもせず、パジャマ姿のままカーテンを開け放つ、そんな習癖を持っていた。

まず、朝の空を仰ぐのだ。

そこが青く晴れ渡っていれば心は軽やかになり、灰色に曇っていれば萎えていく。なんの根拠もなかった。地に降り注ぐ光を遮る雲が嫌だったのかもしれないし、晴れるとも雨が降るとも判然としない中途半端さを厭《いと》うたのかもしれない。自分のことなのに、よくわからない。わかっているのは、今もまだ、曇天を好きになれない自分がここにいる、それだけだ。

千賀子は、アイスコーヒーのグラスについた水滴に指の先で触れてみた。その仕草に合わせたように、グラスの中の氷が動き、あるかなしかの、でも軽やかに耳朶をくすぐる音をたてた。人の声とも金属音とも異質の乾いて澄んだ音だ。

大通りに面したテラスを売りものにするその喫茶店は、天候のせいなのか、夕暮れ近い時間帯のせいなのか客はまばらで、木製の丸テーブルが並べられたテラスも閑散としている。

外に面したガラス窓越しに、人のいないテーブルと街路樹と通り過ぎる人々をぼんやりと見ていた。

人々は誰も白っぽい服装をしている。

白いTシャツ、白いスカート、白いブラウス。曇り日の陽光とはいえ初夏はやはり初夏なのか、白い布の上で煌めき、千賀子の目に沁みてくる。

紬《つむぎ》だろう和服姿の女性が足早に街路樹の下を過ぎていく。白地に薄藍の格子縞、いかにも涼やかな装いだった。目を引かれたのは、その装いよりも、日傘から覗いた女性の顔が二十歳前後としか思えないほど若かったからだ。

あんなに若いのに、白い紬をさらりと着こなしているなんて。

と、少し感嘆していた。感嘆の思いが流れ、幼い娘へと繋がる。

杏樹はどんな娘になるかしら。あんな風に、着物を着こなせるようになっていたら、すてきだけど。

うっ。

呻いていた。胸の奥がしめつけられる。痛い。その痛みが涙腺を刺激する。眼球が湿り気を帯びた熱に満たされていく。泣きそうだ。唇を噛み締め、耐える。外へと零れ出ることのない呻きと涙は、やけに苦い何かに変わり、口の中に広がっていく。

杏樹は、いない。

あの娘さんと同じ歳になったころ、杏樹はわたしの傍には……いない。

「わかった。杏樹は引き取ろう。今まで、すまなかったな」

つい数分前に聞いた男の声がよみがえる。別れた夫、謙吾のものだった。別れたときより、少し太って見えた。頬がふっくらとしていたから、身体はもっと肥えているのだろう。

「太ったのね」

「そうか？　体重は、変わってないんだがな」

謙吾は手のひらで頬をおさえ、軽く首を傾げた。そういう仕草は夫婦として暮していたころのままだ。

　この男と最後にコーヒーを飲んだのはいつのことだったろう。

　自分から連絡を取り、ここに来てほしいと指定したテラスのある喫茶店の、出入り口から一番離れた角席に座って、千賀子は二十年近く夫婦だった男の顔を見つめ、ふと考えてしまった。

「久しぶりだな」

「ほんとうに」

　そんな挨拶をかわした直後だ。

　この男と最後にコーヒーを飲んだのは……この男と暮したのは、いつのことだったろう。

　もう何十年も前のことだ。

　あり得ない答えが浮かんでくる。あり得ないと頭ではわかっている。離婚届に判を押してから二年もたっていないのだ。しかし、心が答えてしまう。

　もう何十年も前のことだ。

「碧李は」

　謙吾がおしぼりで手を拭きながら尋ねてきた。

「変わりないのか?」

「ええ」

曖昧に頷く。いつと比べて変わりないのか、判断に迷ったのだ。この一年で、碧李は背が伸びた。苦手だったトマトと納豆を食べられるようになった。カレーとか味噌汁とか、ちょっとした料理なら手際よくつくれるようになった。まるで変わったとも、ほとんど変わっていないとも思える。

「変わりないんだな」

「そうね……走ってるわ」

「走ってる?」

「陸上部なのよ、あの子。これから、いろいろと試合が始まるみたいで……毎日、走ってる」

「そうか。陸上か」

「いつも走ってるの。おかしいくらい。一日中よ、ずっと走ってるの。朝も昼も夕方も。走ることしか、してないみたい……ううん、ほんとにしてないの。見てると時々、怖くなる。だいじょうぶかなって……」

「そんなことないだろう」

謙吾は笑った。苦笑に近い笑みだった。

「碧李だって、飯を食ったり、テレビを観たりするだろう。学校にだって通わなきゃならない。友達と遊ぶことだってあるだろうし……高校生の男の子が、走るだけってことはないよ。きみの知らないところで、ちゃんと息抜きしてるさ」

いいえとかぶりを振りそうになる。

碧李は、いつも走っている。

それが千賀子の実感だった。確かに、食事もするし、風呂にも入る。朝、制服を着て登校していく。ごく普通の高校生、走ることの好きな少年、誰の目にもそうとしか映らないだろう。謙吾の言葉は間違っていない。

でも、間違ってる。

碧李はいつも走っている。食事をしているときも、言葉を交わしているときも、制服に腕をとおしているときも、碧李の半分はどこか、千賀子の知らない路を走っている。

そんな気がしてならないのだ。

もともと口数の少ない子ではあったけれど、ますます寡黙になった。生来の優しさや穏やかさが僅かも損なわれたわけではないけれど、時としてひどく険しい眼差しを向ける。千賀子にではなく、他の誰にでもなく、目の前に立つ者を越えて、あるいは突き抜けて、遥か遠くに向けられる。その眼差しの行き着く場所がどこなのか、そこに何があるのか、計り知れない。微かに想像することさえ、叶わなかった。

あなたは何を見ているのかと、息子に問うことは容易い。けれど、幾度問うたとしても碧李は答えてくれないだろう。答えようがないのかもしれない。

碧李の見ているもの、見ようとしているもの、それが何であっても千賀子には手の届かない何かなのだ。

走る者だけが手にすることのできる何かを、自分の息子は摑もうとしている……のかもしれない。わからない。

碧李はいつも走っている。

千賀子にわかっているのは、それだけだ。

だから、謙吾の言葉は正しいけれど、間違っている。いいえとかぶりを振らなかったのは、謙吾もまた、走る者ではないからだ。碧李のことをいくら説明しても、実の父と母として話し合っても、わかることなど何一つない。諾っても、否んでも、同じだ。

アイスコーヒーが運ばれてきた。ロート型の洒落たグラスの中で褐色の液体が揺れる。

「陸上部でがんばってるなんて、健全だな」

謙吾が軽く息をついた。

「え？　健全って？」

「碧李のことだ。このごろ、少年犯罪とかいろいろ騒がれているし……おれたち……いや、おれだけだな、父親としてちゃんとできなかったし……あいつにはいろいろおれなりに負い目もあったから……子どもは家庭環境が大切だって聞く度に、やっぱり胸が痛んで……きみに、全部押しつけてしまったから……」

「経済的に援助してくれてるじゃないの。毎月、きっちりと振り込んでくれて……正直、とても助かってるの」

「いや……そんな、当たり前のことだから。きみのおかげで碧李も健全に成長しているんだし……」

　ストローで褐色の液を掻き回してみる。胸の奥がざわついた。謙吾の一言、一言に苛立っていく自分を感じる。

「あなた、そんなに好きだったっけ？」

「うん？　好きって……コーヒーか？」

「健全って言葉」

「好きとか嫌いじゃなくて、碧李のことを言ってるんだけど」

「碧李が健全だと？」

「違うのか？　毎日、走ってるんだろう？」

「ええ、毎日、走ってるわ」

「陸上部に所属して毎日、走ってる。家にもちゃんと帰ってきてるんだろう？」

「ええ」

「すごく健全じゃないか。親としては安心できる」

「そうね」

コーヒーが苦い。コーヒーの味を覚えた十代のころはすこし背伸びして、それからは嗜好として甘味もミルクも入れず、このほろ苦さを楽しんできたはずなのに、今はとても苦い。不快なほど苦い。

白い陶製の器からシロップをグラスの中に垂らす。氷が身じろぎするように動いた。

健全なんて言葉、すこしも碧李には似合わない。

そんな言辞とはほど遠い所に、あの子はいるのよ、あなた。

それもまた、千賀子の実感だった。

寡黙になり、走り続ける碧李の姿は、時として何かを摑もうとしているように、時として何かに追われているように、母の目に映ったりする。どちらにしても、健全なんて軽い一言で言い表せるものじゃない。淫らでも、歪でも、破壊的でもないけれど、健《すこ》やかでも、爽《さわ》やかでも、明朗でもない。

「きみから連絡をもらったとき、実は、すごい不安でな。碧李になにかあったのかって、心臓がひっくり返りそうになった」

謙吾がふっと笑った。目元が碧李に似ている。ほとんど似通ったところのない父子なのに、微笑んだときだけ面影が重なる。おもしろいものだ。そう思ったとき、千賀子は気がついた。

昔と比べ謙吾が太ったのではない。走りこんだ碧李の身体に慣れた目には、久しぶりに会った男の身軀《しんく》が、どこか弛緩して見えたのだ。笑うようなことではないけれど、おかしい。

「どうした？　なに、笑ってるんだ？」

いぶかしげに謙吾が眉を顰《ひそ》める。

「あっ……いえ、ごめんなさい。それより、不安って……どうして、碧李のことが不安になったわけ？」

「だって、子どものことで相談があるからって……暗い声だったし、それに、きみ最後に助けてくれって言っただろう」

「ええ……言ったわ。助けてほしいって……」

「きみが、助けを求めるなんてよっぽどのことだから。何か大変なことが碧李におこったのかって、不安になって」

千賀子は顔を上げた。謙吾を真正面から見据える。

「子どもは碧李だけじゃないわ」

ぴしりと笞打《むち》つように言ってやりたかったのに、声は掠れ、弱々しくさえあった。謙吾の目が瞬く。

「杏樹か……杏樹がどうかしたのか？」

「引き取って」

「え？」

「杏樹を引き取ってください」

お願いしますと続く言葉が震えて消えた。膝の上に乗せた手も指先も震えている。

「千賀子」

謙吾は、千賀子と名を呼んだきり黙り込んだ。

お願い、助けて。わたしを……杏樹を助けて。

「わかった」

謙吾の声が頭上から聞こえる。いつの間にか、深くうなだれていたらしい。

「わかった。杏樹は引き取ろう。今まで、すまなかったな」

謙吾が長い息を吐く。

「杏樹ときみは血が繋がっていないんだ。おれたちが別れたとき……ほんとは、おれが引き取らなくちゃいけなかったんだ。それを……碧李はともかく、弟の娘までできみに押しつけてしまって、申し訳なかった」

「そうじゃない。杏樹は娘よ……わたしの娘だと……でも、でも……」

言いよどむ。わたしの娘よ。愛しいの。とても愛しいのに……愛しているはずなのに、どうしても抑制できないの。この手が、この指が、この心が、あの子を苛んでしまう。

愛しているのよ、ほんとうに。

「千賀子、杏樹に何かあったのか？」

頭が重い。杏樹に何かあったのか、謙吾の問いかけが頭に被《かぶ》さってくる。頸骨がぎしぎしと軋むようだ。吐き気が込み上げてくる。

「千賀子？」

「しゃべらないの」

「しゃべらないって……」

「しゃべらないの、一言も……。人形みたいに押し黙って……言葉を忘れたみたいに

「……」

謙吾が聴き取れないほど低い呟きを漏らした。

「しゃべらないのよ、一言も……」

目を閉じる。眼裏に杏樹の白い小さな顔が浮かんだ。小さいのは年齢のせいだけではない。無表情だからだ。口元を引き結び、眼差しを虚空に据えたまま、杏樹は部屋の隅から動かない。

しゃべらないし、ほとんど動こうともしない。壁にもたれ膝を抱いたままの身体は、呼吸さえしていないように見えた。

「病院には……」

謙吾が呟く。今度は、辛うじて耳に届いた。

「連れて行ったわ」

千賀子も呟きで答えた。

食事もろくに摂《と》らない妹を碧李が抱きかかえ運んだのだ。千賀子はその後ろからついていった。ただ、ついていくしか術がなかった。横に並ぶことも、兄の腕の中で微かに震えている儚《はかな》げな肉体を抱き取ることもできなかった。

笞刑《ちけい》を受けるため刑場に引き出される罪人そのものだ。罪は全てわたしにある。診察室の奥にあるベッドに横になり点滴の針を刺されても、杏樹は声を漏らさなかった。無表情のまま天井を見上げ、やがて静かに寝入ってしまった。

「どうするね？」

医者が尋ねた。千賀子ではなく、碧李を見ている。よれよれになった白衣の胸に熊泉というネームプレートをつけている。その名前のせいだけではなく、風貌もおとぎ話に出てくる陽気な熊を連想させるものがあった。

たぶんいつもは柔らかな笑みを浮かべているのだろう小児科医の表情が、生真面目に引き締まっている。

「連れて帰ってもいいですか」

碧李が問い返す。

「うん、別に脱水症状もみられないし、衰弱しているわけでもないから帰宅しても、身体的には問題はないけれど……」

「では、連れて帰ります」

「だいじょうぶか？」

「はい」

千賀子は碧李の横顔を凝視した。熊泉医師に答えた短い一言が、波動となって千賀子の胸にぶつかってきた。

大人の男の一言だった。

いけない。

息を呑み込む。

この子にこんな言い方をさせてはいけない。大人として母と妹を守る立場に追い込んではいけない。背負わせてはいけない。まだ、まだ早すぎる。

千賀子の思いに呼応するかのように、医師が振り向き、頷く。

「お母さん」

「はい」

「だいじょうぶですか？」

はい。

碧李のように、強く明確に答えたいのに、口の中が乾きすぎて舌が滑らかに動かない。

ひりつく痛みだけが広がる。

「お母さん？」

「娘を……連れて帰ります。連れて帰りたいんです」

医師は無言のままカルテに視線を移した。それから立ち上がり、眠る杏樹の胸に聴診器を当てる。太い指が肩甲骨のあたりに触れる。古い傷痕があった。千賀子がつけたものだ。医師の眼が、傷を見ている。新しい傷痕がないかと探っている。

医師は聴診器を外し、大きく頷いた。

「わたしの携帯番号、息子さんに伝えてあります」

「……はい」

「何かあったら、いつでも連絡してください。夜中でも、早朝でもかまいません」

「ありがとうございます」

深々と頭を下げる。そのまま膝をつき、白衣の裾に縋りつきたかった。

「良い子どもさんたちですな」

熊泉医師の口調が、からりと明るくなる。

「羨ましいです。こんな職業なのに、うちには子どもがいなくて。いや、子どもがほしいとか、いなきゃいけないとか、そんなことじゃないんですが……ははっ、やっぱり羨ましいなってとこ、ありますよ」

診察台の上にある大きなクマのぬいぐるみを持ち上げて、医師は満面の笑顔になった。

「息子さん、かっこいいですよね」

「あ……そうですか。親にはよくわからなくて……」

「かっこいいですよ。実にかっこいい。なあ、やたらもてるだろう？　加納くん。女の子にうるさいほど騒がれてんじゃないか」

「まさか」

　碧李が苦笑する。

「全然です」

「嘘つけ」

「ほんとうですよ。まったくと言っていいぐらいもてません」

「それを聞いて、安心した。もてるやつは、誰であろうとおれの敵だからな。で？」

「はい？」

「走ってるのか」

「はい」

「だろうな。この前よりさらに引き締まった。走り込んでる身体だ」

「先生、それも羨ましいでしょう」

　四十代半ばらしい看護師がさらりと言う。

「は？　大西くん、なに言ってんだ」

「だって先生、この前、加納くんが帰ってからぶつぶつ言いどおしだったじゃないですか。おれだって若いころは、あんな身体をしてたんだって。そっくりそのままだ、かっこよかったんだぞって。もうしつこくて、しつこくて、閉口しちゃったわ、ね、伊丹さん」

同意を求められて、若い看護師は肩をすぼめた。

「はい、確かに。よく覚えてます。身長が違うのに、そっくりってことないだろうなって、思いました。違うの……身長だけじゃないし。先生、自分をちょっと美化しすぎ」

「なんだよ、二人そろってその言い草は」

「だって事実ですもん」

「まったく、やっとれんな、この職場」

医師が天井を仰ぐ。看護師たちの笑い声が重なった。

杏樹が身じろぎする。前に出ようとした碧李を止めて、千賀子はベッドの傍らに立った。

「杏樹」

呼びかけてみる。

「帰ろうね。今度は、ママがだっこしてあげるから」

背後で、碧李が密やかに息をついた。

マンションの一室に帰り杏樹をベッドに運んだ後、碧李に声をかけた。グラスになみなみとついだ水を一息に飲み干して、碧李は頷くでもなく、かぶりを振るのでもなく立っている。

「走ってきなさい」

「走ってきなさい。この時間、いつも走ってるじゃない」

「うん……」

「なんか、今日、疲れちゃったから、お鮨でもとろうか。杏樹の好きな海老と玉子をたくさん握ってもらって……」

「母さん」

「なに？」

碧李の喉が上下する。飲み下したのは息だろうか、言葉だろうか。

「なによ。言いたいことがあるなら、はっきり言いなさいよ。入れ歯じゃないんだからね。もごもごしないの」

わざと朗らかな声を出す。それから、何かを追い払うかのようにひらひらと手を振ってみた。

「試合があるんでしょ」

「うん」

「いつ？」

「もうすぐ」

「じゃあ、ちゃんと練習しなきゃだめじゃない」

「うん」

碧李、わたしたちを守ろうなんて思わないで。わたしたちにかまわず、あなたはあなたの路を走らなきゃいけないの。だいじょうぶだから、もうだいじょうぶだから、自分のために走ってちょうだい。

微かな音がした。

「杏樹」

キッチンのドアが開き、パジャマ姿の杏樹が佇んでいた。表情はない。能面のようにかたいまま、千賀子を見上げる。背中に悪寒が走った。

「杏樹……お腹すいてない？　お餡食べようかって、お兄ちゃんと話してたんだけど、杏樹は海老と玉子がいいよね」

返事はない。少女は一度、瞬きしただけだった。

「杏樹、あのね」

手を差し出す。さっき、この手に抱いて布団まで運んだのだ。

杏樹の眼が大きく見開かれた。瞳の中に影が過る。黒い翳りが通り行く。

怯え、恐怖、警戒、苦痛、そして拒否。少女の眼は舌の何倍も雄弁に内心を語る。無言のまま、言葉を溢れさせる。

やめて、こないで、怖い、嫌だ。

一歩足を踏み出す。杏樹は身体を縮め、千賀子の一歩分と同じ距離を退いた。逃れようとしているのだ。追い詰められた小動物のように全身がわなないている。

やめて、こないで、怖い、嫌だ。

杏樹の叫びはそのまま鋭利な刃先になり、千賀子を貫いた。

これがおまえの犯した罪なのだと、罪状を突きつけてくる。千賀子自身が叫び声をあげそうになった。

そんな眼でわたしを見ないで。わたしを責めないで。どうしようもなかった……どうしようもなかったのよ、杏樹。

指の先が冷えていく。なのに、背中に汗が滲む。身体が火照る。体内にこもった熱に内臓が熔解していくようだ。

突然に焰《ほむら》が燃え上がった。紅蓮《ぐれん》の怒りが込み上げてくる。

どうして、誰もわかってくれないの。わたしのことをわかろうともせずに、責めようとするの。わたしは、どうすればよかった？　わたしに、何ができた？　わたしのどこが間違っていた？　教えてよ、教えてよ、誰か。縋れば振り払い、問えば黙してしまうくせに、なのに、それなのに、わたしだけを責めないで。

「杏樹」

あなたまで、わたしを拒むの。あんなに愛してあげたのに、大切に育ててあげたのに、なんでママを許せないの。

視野いっぱいに少女の怯えた顔が広がる。

なんて脆い生き物だろう。なんて弱々しい非力な存在なのだろう。

指が、心が冷えていく。焰の裏側から、快感が立ち上ってきた。苛むという快感だ。思いどおりに破壊できる喜悦だ。

あんなに愛してあげたんだもの、あなたはこんなに弱いのだもの、いいわよね、ママの好きなようにしても……。

声をたてて笑いそうになる。誰もわかってくれないのなら、おまえは罪人だと責め立てられるなら、いっそ鬼でも蛇でもなってしまえ。人の皮をめくり捨て、夜叉の面を現せばいい。

「母さん！」

身体が拘束される。二本の腕が後ろから千賀子を抱きとめた。

「母さん……」

碧李の声はほとんど囁きだったけれど、腕の力は強く、千賀子の動きを完全に封じていた。

「碧李」

息がつけた。目眩《めまい》がする。

わたしは……何をしようとしていた……また、同じことを繰り返すつもりだったの。

「だいじょうぶだから」

碧李が背後で囁く。息子の鼓動が伝わってくる。

「だめよ」

千賀子は両手で顔を覆った。

「だめよ、碧李。母さんは……もう、だめよ」

自分で自分を律せない。抑えられない。鬼にも蛇にも容易に変異してしまう。人でいられなくなる。

愛しいのに、こんなに愛しているのに……

杏樹が膝をかかえ、部屋の隅にうずくまる。眼にも顔にも、もう感情の欠片さえ浮かんでいなかった。

「ごめんね……ごめん……許して」

くずおれそうな千賀子を碧李の腕だけが、支えていた。その腕に身をあずけながら、謝り続ける。呪文のように、詫びの言葉を繰り返していた。

ごめんね、ごめんね、どうか許して。

謙吾に連絡をとったのは、その夜、遅くだった。携帯電話の番号を覚えていた。頭ではなく指が覚えていた。親指がいささかも滞ることなく、ボタンの数字を押していく。

深夜とはいえ、夏を迎えようかという季節なのに、なぜか底冷えがした。寒くて、寒くてたまらない。千賀子は震えながら、キッチンの床に座り込む。

「もしもし」

遥か遠くから、男の声が響いてきた。

「わかった。杏樹は引き取ろう。今まで、すまなかったな」

そんな一言と飲みかけのアイスコーヒーを残して、謙吾は店から出て行った。車で送ろうという申し出を断り、千賀子は一人、木製の洒落たイスに座っている。道行く人を眺めている。白い紬の女性が通る。若い美しい娘さんだ。

杏樹……。

「なるべく早く、迎えに行くよ。こちらの準備ができたら、すぐ……そうだな、一週間もあれば何とかなるから」

杏樹、一週間ですって。一週間たって、パパのところに行っちゃったら、あなた、ママのこと忘れちゃう？　それとも、ずっと覚えてる。あなたが娘になって、白い紬なんて似合うようになったとき、もし……もしママと出会ったら、あなたは笑ってくれるかしら。昔のことなんて忘れちゃった。今、幸せだからって笑いかけてくれるかしら。それとも……それとも、やはり、眼を見開いたまま怯えを滲ませて、わたしの前から逃げ去っていくのかしら。

愛していたのに、愛しているのに……なんで、ママはこんなに弱いんだろうね。醜いんだろうね……杏樹。

グラスの中で氷が溶けていく。グラスの表面を水滴が滑り、テーブルに落ちて消えた。

杏子がストップウオッチに向かって顔をしかめた。そこに並んだ数字が忌みものでもあるかのように目を逸らす。

「どうですか？」

身体を折って、荒い呼吸を繰り返している碧李にかわり、久遠が問う。杏子は黙って、手の中の小さな記秒時計を差し出した。

「伸びないわね」

「悪い数字じゃないですよね」

「良くもないわ」

久遠が瞬きする。地面に腰をおろした碧李をちらりと見やり、その視線をすぐに杏子に戻す。

「先輩、なんかミッキーに似てきましたね」

「そう？」

「そっくりすよ。その言い方」

「似てくるのよ。長い付き合いだから」

「監督なら……」

箕月の仕草を真似ているつもりなのか、久遠は腕を腰に当て、首を軽く回した。

「この記録見たら、なんて言いますかね」

「加納の数字じゃない」

「……って言いますか？」

「おそらくね」

「記録会、まだ二週間もあります」

「二週間しかない、でしょうね。今の加納くんだったら」

「その言い方も、ミッキー譲りですよね」

「似てくるのよ。長い付き合いだから」

久遠は腰に手を当てたまま、碧李のすぐ傍らまで近寄ってきた。

「おまえの数字じゃないってよ」

「ああ……」

「汗、すごいな」

「ああ」

「今日は平均気温より高めだってさ。暑い？」

「いや」

久遠はしゃがみこみ、碧李の手首を摑んだ。指の腹で心拍を計る。

「ふーん」

「なんだよ」

「汗出すぎ、息があがりすぎ。おまえ、無理しすぎ」

「おれが無理して走ってるって？」

「おまえ、無理して走ってねえのか？」

久遠と顔を見合わせる。口調は軽佻《けいちょう》ではあったけれど、眼差しは少しも浮ついていなかった。

「苦しいか」

久遠がぼそりと呟いた。

「走るのが苦しいか？　ミド」

否定できなかった。

天を仰ぐ。

夕暮れの空が美しい。紺碧の空に蜜柑《みかん》色の紗を一枚ふわりと被せたみたいな空だ。ちょうど、碧李の頭上に広がる雲は夕日に染め上げられ、金糸の縁取りを施されたかのように周りだけが金色に輝いている。その美しい天空に白い線が見えた。むろん、幻だ。幻の白いゴールラインがぐにゃりと歪み、曲がった。

同じことになる。

このまま走れば、あの試合と同じことを繰り返す。身体は重く、脚はもつれ、傍らを少しも揺るがぬ足取りでランナーたちが追い越していく。その背中を追うことすらも叶わない。

おいていかれる。

今度は、ゴールラインを越えることさえできないかもしれない。膝をたて、腕の中に顔を埋める。どくどくと己の体内を巡る血の音を聞く。

同じことになる。おいていかれる。このままでは……走れない。

「なあ、ミド」

久遠が身を寄せてくる。

「どう思う？」

「どうって？」

久遠は記録用紙をめくりながら携帯電話で話をしている杏子に向かって、軽く顎をしゃくった。

「前藤先輩……カレシとかいると思うか？」

「は？　なんだよ、それ」

「しっ、アホ。大きな声出すな。カレシなあ……いるよな、美人だもんな。笑うと可愛いし、笑窪《えくぼ》とかあるし」

「ノブ、おまえ、先輩に惚れてんのか？」

「惚れそうなんだよ。かなりヤバイね、おれ」

「ご愁傷さま。先輩には……」

「やっぱ、カレシいるのか？」

「どうかな」

「まさか、おまえじゃねえだろうな」

「おれだって言ったらどうすんだよ」

「後ろから首絞める」

「ほんと、ヤバイやつだな」

「へっ、今ごろ、気がついたのかよ」

　久遠が鼻に皺を寄せて、渋面を作った。思わず笑っていた。前藤杏子は確かに魅力的な人で、その魅力は奔放に外に放たれるものでなく、杏子の内側で静かに発酵し、杏子を形作っている。久遠信哉がそのあたりをちゃんと嗅ぎ当てているのもまた、確かではあるのだけれど、今、わざわざ杏子への興味を口にしたのは、久遠自身の想いの吐露でなく、碧李をほぐすためだ。

そのくらいは、気がついている。

力を抜け。身体じゃない、心の方だ。張り詰めすぎるな。自分で自分を傷めるな。緩めろよ、ミド。

さりげない言葉とひょうきんな表情の裏で久遠が伝えようとする無音の言葉が、耳朶を打つ。

「ノブ」

「うん？」

「いや……」

おれは、走ることに追い詰められずにトラックに立つことができるだろうか。

自分を信じきれなかった。信じろ、おまえは走れるのだと誰でもない碧李自身が言い切れないのだ。

信じられなければ、焦る。焦れば、硬直する。硬化した精神は肉体を脅《おびや》かし枷《かせ》となる。

ちくしょう。自分の脚に、自分で枷をつけてどうするよ。

こぶしを握る。このこぶしで思いの丈、目の前の脚を殴打してやりたい。

ちくしょう、ちくしょう。なぜ思うように走れない。なんでだ、なんでだよう。

「おれが言いたいのはな、ミド」

久遠は人差し指を左右に軽く振った。

「女は偉大だってことだ」

「はい？　何だって？」

「女は偉大だって言ったんだよ。おれは、その真理に辿り着いたわけよ。この世界の全ての女性は女神であるってな」

「おまえ、昨夜、変なドラマ観たのか？」

「観てません。まったく観てません。この世の真理を教えてやってんだ。つまり、だからな、おまえんとこの女神に守ってもらったら、どうだ」

「女神？」

「いるじゃん。可愛いのが」

「……杏樹か」

「そう、守ってもらえ。あの女神ならばっちり神通力があるぞ」

汗が流れてくる。こめかみから頬を伝う汗を手の甲で拭う。久遠の頬にも汗が伝っていた。夕日のせいなのか、その一滴はうっすらと赤かった。

「アンズに守ってもらえ。アンズなら、おまえの守り神になってくれる……おれ、そんな気がするんだ」

お兄ちゃん、走って。

杏樹の声がする。まだ冬の冷たさを残したままそれでもどこか柔らかい春の風の中で聞いた声だ。

そうだあの声に支えられて、おれはここに戻ってきた。逃げたままじゃなく、目を逸らしたままじゃなく、もう一度走るのだと決めた。おれが決めたんだ。

「今度、練習に来てもらえよ」

久遠の手が碧李の背中を叩く。

「おまえの走ってるとこ、女神さまに見てもらうんだよ。きっと、ご利益《りやく》がたっぷりあるぞ」

このグラウンドに杏樹を連れて来いと久遠は言ってるのだ。杏樹が今、どんな状態か薄々と、いや、はっきりと知ったうえで言っている。こぶしを開き、大きく息を吐き出す。暮れていく空と地上を眺める。暮色にはまだ遠いけれど、空はさっき見上げたときより、幾分暗みを増したようだ。

弱いな。

つくづくと思う。全てを捨てきれない。全てを捨てて走れない。いや、全てを引き受けて走れないのだ。走るためだけの身体にも心にもなりきれない。そのくせ、負けることを怖れている。過去の残影にまだ怖じている。

「だけどな……ノブ」

「なんだ？」

「女神さまに頼ってて、勝てるかな」

「試合に勝てるかって、訊いてるのか？」

「他に何に勝つんだよ」

「自分」

久遠と目を見合わす。先に吹き出したのは久遠だった。座り込み、くっくっと身体を揺らす。碧李も笑う。漣のように笑いが胸奥から寄せてきた。

「やべぇ、やっちまったな、おれ。われながら、キザくせえ」

「ったく。言ってて恥ずかしくないのかよ」

「ハズい、ハズい。もう、笑ってごまかすしかないね」

しばし笑いの波に身をまかせる。それから、立ち上がった。笑ったおかげで少し、身体が軽くなった気がする。それを待っていたかのように、杏子が近づいてきた。

「楽しそうね」

碧李に微笑みかけ、手にした携帯をポケットにしまう。

「監督から指示があったわ。今日は、温度が高すぎるから無理をするなって。あとは軽く流して、身体を休ませろって。明日からの練習メニュー、今日中にＦＡＸするから。確認しといてね。久遠くん、明日もサポートしてくれる？」

「おいっす。休みは暇ですから、まかしてくださいっす」

「ありがとう」

「いや、べつに先輩にお礼を言われると困りますけど」

「だってマネジャーの仕事、手伝ってもらってるわけだから」

「おれは加納との厚い友情の証として、やってるわけだから、気にしないでください」

久遠の冗談口に杏子がさらに笑う。なるほど、笑うと笑窪ができて、少女っぽくなるのだと、碧李はその笑顔を見つめてしまった。

走ることとも妹とも無縁の一言が、ふと口をついた。

「先輩」

「なに？」

「もうすぐマネジャーも引退ですね」

「そうね……三年生だから。一応、夏まで」

杏子が見上げてくる。顎を上げ、口元を引き締め、まっすぐに視線を向けてくる。

「眼鏡」

「え？」

「このごろ眼鏡、かけないんですね」

「あっ……そうね、うん。コンタクトばっか。眼鏡かけると変に真面目っぽくなりすぎて」

「よく似合ってましたよ」

杏子が何か言いかけたとき、ポケットから緩やかな旋律が流れた。

「ミッキーよ。やっぱ、何かと気になるみたい」

杏子の瞳に柔らかな光がともる。頬が仄かに色づく。恋をする心というものは瞳や肌から、本人さえも知らぬ間に染み出してしまうらしい。

この人は……。

杏子が携帯を耳に当て、背を向ける。

想いを胸に隠したまま去っていくつもりだろうか。それとも、失うことを覚悟の上で、全てを告げるのだろうか。

「はい……ええ、わかっています。水分補給は充分に……はい、ではランニングを……

ええ、だいじょうぶです。久遠くんもいるし……早めにきりあげればいいんですね。監督、わたし二年以上陸上部のマネをしてるんですよ……はいはい、了解しました。また後で連絡をいれますから」

藤色のウェアーの背中を夕日が淡く包んでいた。

狭い玄関に男物の革靴が並んでいた。上がり場には布製の旅行カバンが二つ置かれている。一つは杏樹のものだった。

キッチンのドアを開けると謙吾が「おう」と嬉しげな声をあげた。

「碧李、久しぶりだな」

「父さん……」

「この前あったのは、いつだったたっけ？　去年の暮れだったよな」

唾を呑み込む。肩からスポーツバッグが滑り落ちた。テーブルの向こう側に立つ母を眼で捉える。

「母さん」

千賀子が顔を背ける。指が、手にしている白い帽子の縁を強く握りこんだ。小さな造花とピンクのリボンがついた杏樹のお気に入りの帽子だ。

「杏樹、この帽子かぶりましょうね」

千賀子は碧李の視線を避けたまま、隣室に入っていった。

「母さん、ちょっと待てよ。これって」

「碧李」

謙吾が肩を掴む。

「杏樹は、父さんが引き取る」

「そんな話、聞いてねえよ！」

「そうか……母さんも言い出せなかったんだろう。だけど、碧李、これが一番、いいんだ。母さんにこれ以上、苦労かけられない」

「苦労……」

「母さんにとって、杏樹は重荷なんだ。おまえだってよくわかってるだろう。だから、今度は父さんが引き受けるから」

「いいかげんにしろよ」

父の手を振り払う。勢いあまって身体がよろめいた。流しに音をたててぶつかる。

「何だよ、勝手に。引き取るとか引き受けるとか。荷物じゃねえんだ。何で、勝手に決めちまうんだよ。あんたたちの都合で、杏樹を振り回して、それでいいのかよ」

「いいんだ」

謙吾がきっぱりと言い放った。

「母さんは限界なんだ。もう充分に苦しんだ。楽にしてやらなきゃいけないんだ」

鼓動が激しくなる。汗が滲む。さっきと同じだ。少しも思いどおりに動かない肉体と精神を引きずって走った。さっきの走りと同じだ。動悸と渇き、焦りと怯えが綯《な》い交ぜになって絡みつく。捕縄される。

「それにな、杏樹だってこのままじゃ、どうにもならんだろ。環境が変わることはマイナスじゃない。だいじょうぶ、碧李、父さんにまかせろ」

謙吾が軽く腕にふれてきた。

「杏樹は、父さんが責任をもって幸せにするから。だいじょうぶだから……おまえも大変だったと思う。すまなかったな」

責任と幸せ。二つの単語がまるで結びつかない。幸せって、誰かが責任を負うものなのか。

変だよ、なんか、ものすごく変だ。

そう抗いたいのに、安堵の息をついている自分がいる。

これで楽になれる。

だいじょうぶ、まかせろ。

その一言をずっと聞きたかったのだと気がついた。もういい、後はまかせろ。誰かがそう言ってくれるのを待っていたのだ。

これで楽になれる。何も考えず、何にも囚われず走ることができる。そうしたら、もう怖れるものはない。おれは、軽やかにゴールを越えていける。

違う。違う。違う。

心臓の律動が響く。

また同じ過ちを繰り返すのか、碧李。

鼓動は声となり、碧李自身に問いかけてくる。

おまえはまた、妹を盾にして逃げるのか。

腿にさわってみる。昨秋もさっきも惨めに崩れはしたけれど、この脚で走った。借りものではない、自分の脚で走ったのだ。それを忘れるな。崩れていく弱さもまた、自分のものだ。決して、忘れるな。

杏樹が出てきた。白い半そでのワンピースを着ている。帽子のリボンと同色のボタンがついていた。

「杏樹、用意できたか」

　謙吾が笑いかける。

「よし、じゃあパパのお家《うち》に行こうな。車で行くんだぞ。杏樹の部屋もちゃんとあるからな。カーテンがまだついていないんだ。杏樹の好きなカーテンを買おうって思ってな。なっ、いっしょに買い物をしような」

　杏樹は無表情のままだった。瞬きを一度したきり、一言もしゃべらず、頷きもしない。

「よしっ。パパがだっこしてやろう」

　謙吾が軽々と抱き上げる。杏樹は抗わなかった。

「パパの家までドライブしような。犬がいるんだぞ。杏樹と同じぐらいの大きさだぞ。なっ、杏樹は犬、好きだろ」

　妹を抱いたまま父が出て行こうとする。

　杏樹は眼を見開いていた。肩越しに母と兄を見つめている。

「待って、ちょっと待てよ」

　碧李が叫んだのと、杏樹が両手を伸ばしたのと同時だった。

「いやっ」

　謙吾の腕の中で杏樹が身をよじる。視線はまっすぐに千賀子に向けられていた。千賀子だけに向けられていた。

「ママッ」

謙吾がよろめく。

「ママ、ママ、ママ」

碧李は振り返り、母を見た。石像のようだった。思考も感情も抜け落ちた鉱物質の塊だ。

「うわっ」

謙吾が悲鳴をあげる。杏樹が肩に嚙みついたのだ。堪らず離した腕から、杏樹の身体が床に落ちる。ドンと鈍い音がした。手を差し出そうとした碧李を押しのけて、千賀子が飛び出す。杏樹がその首に抱きついた。

「ママ、ママ、ママァッ」

突然、獣の咆哮《ほうこう》が響いた。そう思えた。人の声とはあまりにかけ離れている。杏樹を抱き締め、そのまま覆いかぶさる恰好で床にうずくまった千賀子が号泣する。

今まで碧李が一度も耳にしたことのない音が、千賀子から発せられていた。

獣の咆哮とも風の唸りとも聞こえる。おーおーと鳴り響く音だった。辛うじて、杏樹という名前だけが理解できる。

あんじゅ、あんじゅ、あんじゅ……。

謙吾が肩を押さえ、座り込んだ。見開いた目で、千賀子の背中を見つめている。

床に押し付けられた恰好のまま、杏樹の腕は母の首をしっかりと摑んでいた。


「いいな、ここに座ってるんだぞ」

久遠が用意してくれたパイプイスに座らせると、杏樹は大きく頷いた。久遠が少し屈み込む。

「女神さま、ご光臨の場所にしちゃあ、ちっとお粗末だけど、陰だから涼しいだろ？」

「うん」

「なっ、アンズ、ちょっと教えてほしいんだけど」

「うん」

「おれと兄ちゃんとどっちがかっこいいと思う」

「お兄ちゃん」

「即答かよ。かなりキツイね」

杏子が肩をすくめ、小さく笑った。首からストップウオッチを外す。

「タイム、計ります。加納くん、準備いいわね」

「はい」

「では」

杏子の背筋がすっと伸びる。

「スタートラインに立って」

「はい」

「お兄ちゃん……走るの」

杏樹が見上げてくる。

「ああ、走る」

「位置について」

杏子が息を吸い込み、久遠が僅かに目を細めた。

スタートラインがくっきりと地に描かれている。

碧李は足裏にこれから走る大地を踏みしめ、その鮮やかに白い線へと近づいていった。

空は今日も美しい。

解説

田中雅美

一気にページをめくりました。

『ランナー』というタイトルからはスポーツ小説を連想したし、それは間違ってはいなかったのですが、そんな言葉では括《くく》ることのできない小説でした。

長距離走者としての才能があり、将来を期待されていた主人公の碧李。彼が初めて挫折を体験する場面から、物語は始まります。複雑な家庭環境の中で、幼い妹と、弱い母を守りたいという想いから、その後、走ることをあきらめてしまうのです。

けれど、同級生の久遠と話をしていくうちに、大好きな陸上から離れたのは、家族を守るためではなく、走ることが怖くなってしまったからだということに気付かされます。レースで味わった敗北が、再びスタートラインに立つことへの恐怖に変わり、走ることから逃げてしまっていた自分への言い訳だったのです。

敗北とは、遅いタイムでも、誰かに負けることでもないと、私は思います。自分自身を信じられなくなること、自分自身に負けることが敗北なのだと思うのです。

私も「敗北」を味わったことがあるので、碧李の気持ちが痛いほどに伝わってきました。

シドニー五輪の個人のレースでのことです。代表選考会で世界記録に近いタイムで泳いだことで、多くのメディアに取り上げてもらい、金メダル候補と言われ、学校でも地元でも、本当にたくさんの方々が期待して下さいました。自分も、夢だったオリンピックのメダルに手が届くかもしれないと、本番を楽しみにしていた……はずでした。

しかし、その選考会のレースを境に、調子が激変し、思うように泳げなくなったのです。

体が重い、前に進まない、すぐに息が切れる、手足が動かない……。明日はいい泳ぎが出来るかもしれないと信じるも、次の日も同じ。それでも、インタビューには「メダルを目指します、調子はいいです」と答えている自分が、もどかしくて仕方ありませんでした。

メディアで報道されている自分と、本当の自分の姿とのギャップに苦しみ、これまで感じたことのないような不安の中で、数万人の観客の声援に足を震わせていたオリンピックの舞台。そんな恐怖の中で泳いで、いい結果が出るわけがありません。

結果はメダルからは程遠く惨敗。泳ぐ前から、負けていました。

努力には意味が無い、自分に裏切られた、夢は叶わない。レース直後は、そう思いました。けれど本当はそれは、周囲の期待を力に変えられなかった自分への言い訳でしかありませんでした。私は自分自身を全く信じていなかったのです。

私も碧李と同じだったのです。

碧李と久遠の会話で、「走るの、怖くねえか？」というものがあります。

私もシドニー五輪のあと、泳ぐことが怖くなりました。また同じことを繰り返すのではないかという思いが頭から離れず、水泳をやめようとすら思いました。

スポーツの世界だけでなく、受験や就職でも恋愛でも、何かにチャレンジしているときに、不安になったり怖くなることは誰でもあるでしょう。でも、〈怖い〉と素直に言葉にして、それを認めるのは本当に難しいものです。

けれど、私には、家族や友人やコーチといった、自分を応援してくれた人たちがいました。その人たちの「よく頑張った」「感動をありがとう」という一言一言が、泳ぐことが怖いという気持ちから、もう一度オリンピックの舞台に立ちたい、もう一度チャレンジしたいという気持ちに変えてくれたのです。

アスリートは、自分のためにチャレンジし続けるけれど、一人では戦えません。支えてくれる人がいるから、見ていてくれる人がいるから、苦しくてもあきらめたくなっても次の一歩が踏み出せるのだと思います。

碧李にも、自分の本当の気持ちを気付かせてくれた友人がいて、碧李の可能性を信じ続けてくれた先輩や監督がいて、そして背中を押してくれた妹や母がいました。

それがどんなに碧李の力になっていたか、私には身に沁《し》みて分かります。

シドニーから４年後、私はアテネ五輪で４位になり、わずかの差で夢のメダルを逃しました。もちろん悔しい気持ちはありましたが、そこにはシドニーのときのような敗北感はなく、後悔も全くありませんでした。なぜなら、もう一度泳ごうと決めたときから、オリンピックまで１日も、ああすればよかったと思う日がなかったからです。

結果的に目標だったメダルには手が届かなかったけれど、スタートラインに立つまでにどれだけ自分を信じ、どんな想いで取り組んできたかが大切で、その過程にこそ本当の価値があるのだと気付けた瞬間でした。

挫折を味わったとき、苦しみの根底から這い上がるのは本当に苦しいけれど、〝経験〟という財産を手に入れることができます。それこそが、アスリートにとって一番大切な、ゴールするまで決してあきらめない強い気持ちを生み出すのだと思います。

私は、泳ぐことで、喜び、悲しみ、苦しみ、不安、恐怖など、本当に多くの感情を経験することが出来ました。また、その経験から、人生で大切なこともたくさん学んできました。

走ることで壁にぶつかり悩み、それでも走ることで救われ、強くなった碧李にも、同じことが言えるのだと思います。

思わず碧李に感情移入せずにはいられませんでした。

この『ランナー』には、私が現役時代に感じた様々な感情がたくさん詰まっていました。いや、それ以上かもしれません。

引退して5年以上経ちますが、選手の頃を思い出させてもらいましたし、泳ぎに行きたくなりました。碧李みたいに選手には戻れないけれど……(笑)、水を感じに行きたくなりました。

それから、碧李のフォームをきれいと言ったマネージャーの言葉に、監督が、「フォームがきれいなんじゃなくて、走っている姿がきれいなんだろう」と答える場面には驚かされました。監督は、「もともと完璧なフォームなんてないし、全ての選手にぴったりの唯一つのフォームなんて、おそらく存在しない」と続けます。

これはまさしく、私が水泳をしていて思っていたことと同じだったのです。基本はもちろん大切ですが、世界記録保持者の泳ぎを研究し完璧に真似をしても、世界記録では泳げません。

人は体型も筋肉の質も違うし、もちろん精神的な強さや弱さも違うのです。だから、自分の強みや弱点を知り、それをいかに伸ばしていくかが大切になってくるのです。人生だって同じで、「これが正しい生き方！」なんてものはないのだと思います。トラックでも草原でも、岩場でも嵐の中でも、同じようにきれいな走りが出来るように思わせてくれる碧李。それはどんな状況にあっても自分という芯を持ち、前に進んでいくであろう碧李の姿を象徴しているのだと思います。そんな姿に魅了されずにはいられませんでした。

走ることを題材に、こんなに多くのテーマをまっすぐに描き、読者をあっという間にその世界に引き連れていってくれるあさのさん、本当にすごいと思います。

スポーツをしている人だけでなく、夢や目標に向かって努力している人、夢や目標がはっきりと見えなくなっている人、人生が何なのか分からなくて立ち止まっている人、悩んでいる人も頑張っている人にも、全ての人に読んでいただきたいです。

読み終えたとき、碧李と共に自分も自分のスタートラインに立っている気持ちになることでしょう。

――スポーツコメンテーター

この作品は二〇〇七年六月小社より刊行されたものです。

幻冬舎文庫

●好評既刊

あかね色の風／ラブ・レター

あさのあつこ

陸上部で怪我をした遠子と転校生の千絵の友情を描いた「あかね色の風」。手紙を出そうとする愛美の想いを綴った「ラブ・レター」。少女達の揺れる感情を照らし出す、青春小説の金字塔。

●最新刊

ペンギンと暮らす

小川　糸

夫の帰りを待ちながら作る〆鯵、身体と心がポカポカになる野菜のポタージュ……。ベストセラー小説『食堂かたつむり』の著者が綴る、美味しくて愛おしい毎日。日記エッセイ。

●最新刊

スタートライン
始まりをめぐる19の物語

小川糸　万城目学　他

浮気に気づいた花嫁、別れ話をされた女、妻を置き旅に出た男……。何かが終わっても始まりは再びやってくる。恋の予感、家族の再生、再出発——。日常の〝始まり〟を掬った希望に溢れる掌編集。

●最新刊

僕のとてもわがままな奥さん

銀色夏生

僕の毎日は、ちょっと地獄なのです。——とてもきれいだけど、とてもわがままな妻との、不幸せなような幸せなような日々を綴る、笑えてほんのり温かくなる、書き下ろし長篇小説。

●最新刊

最も遠い銀河〈1〉冬

白川　道

気鋭の建築家・桐生晴之の野望と復讐心。癌に体を蝕まれた小樽署の元刑事・渡誠一郎の執念。出会うはずのない二人が追う者と追われる者になった時、それぞれの宿命が彼らを飲み込んでいく。

幻冬舎文庫

●最新刊
鈴井貴之
雅楽戦隊ホワイトストーンズ

世界の平和は守れない。だけど自分の家族と白石区だけは守る！　見えない謎の組織を相手に結集する男達。武器は〝雅楽〟だけ。「水曜どうでしょう」の鬼才による渾身のエンターテインメント!!

●最新刊
豊島ミホ
陽の子雨の子

私立男子中学二年の夕陽が出会った二十四歳の雪枝。彼女の家には四年前に拾われた十九歳の聡がいた。二人の不可思議な関係に夕陽が入ることで、微妙なバランスが崩れ、聡は家を出て行くが……。

●最新刊
万城目　学
鹿男あをによし

「さあ、神無月だ――出番だよ、先生」。ちょっぴり神経質な二十八歳の「おれ」が、喋る鹿(!?)に命じられた謎の指令とは？　古都・奈良を舞台に展開する前代未聞の救国ストーリー！

●最新刊
真野朋子
大人恋　恋におちた妻たち

ネット上の限定恋愛コミュニティ「マダムBの部屋」では、五人の女性が自分の不倫について告白しあっている。「夫がいても恋したい」そんな妻たちの赤裸々な言葉が刺激的な連作長篇。

●好評既刊
松崎　洋
走れ！　T校バスケット部

バスケの強豪校でイジメに遭い、失意のまま都立T校に編入した陽一を待っていたのは、弱小バスケ部の個性的な面々だった――。連戦連敗の雑草集団が最強チームとなって活躍する痛快青春小説。

ランナー

あさのあつこ

平成22年4月10日　初版発行

発行人――石原正康
編集人――永島賞二
発行所――株式会社幻冬舎
〒151-0051東京都渋谷区千駄ヶ谷4-9-7
電話　03(5411)6222(営業)
　　　03(5411)6211(編集)
　　振替00120-8-767643
印刷・製本―中央精版印刷株式会社
装丁者――高橋雅之

幻冬舎文庫

ISBN978-4-344-41449-5　C0193　あ-28-2